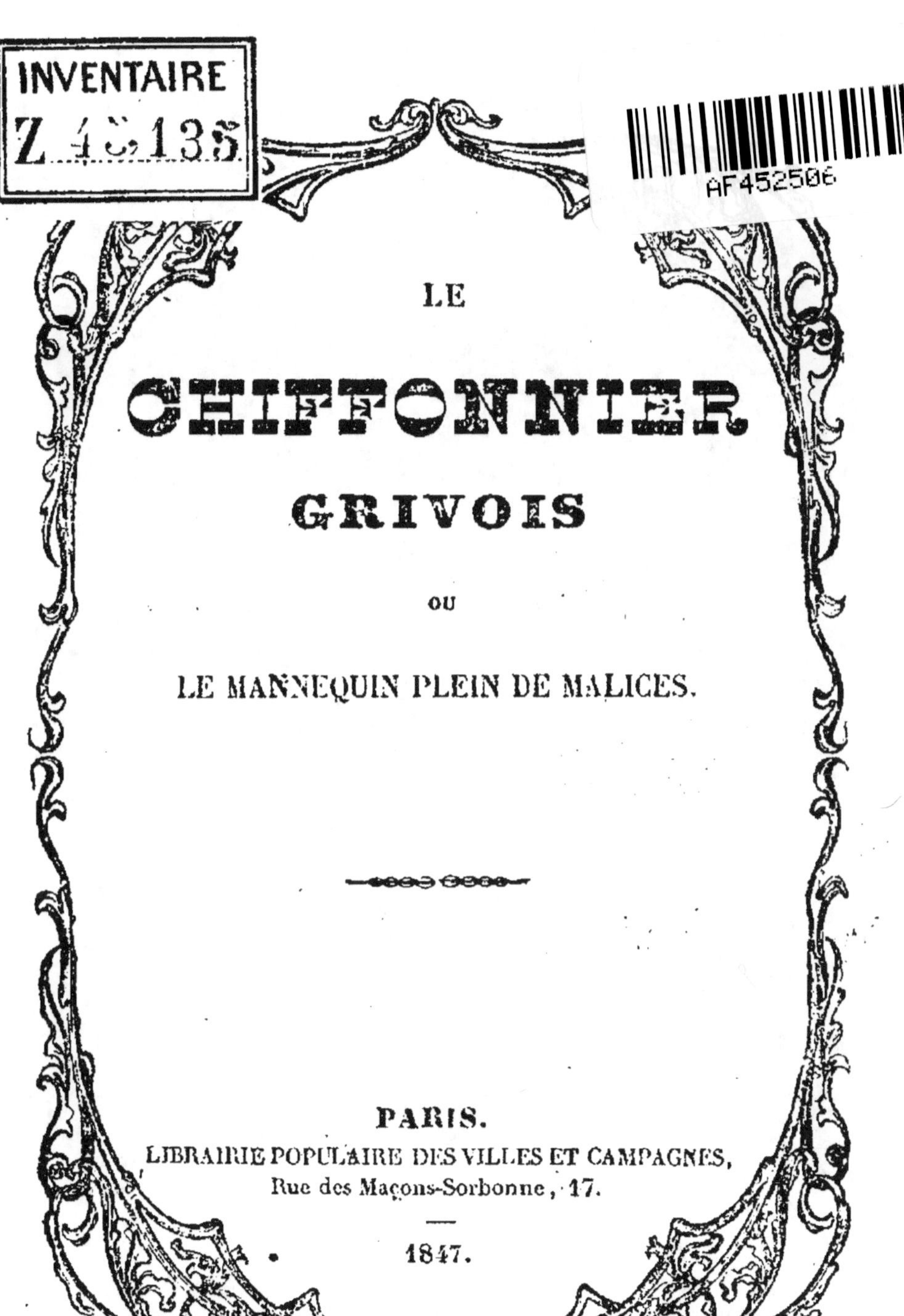

LE
CHIFFONNIER
GRIVOIS

OU

LE MANNEQUIN PLEIN DE MALICES.

PARIS.
LIBRAIRIE POPULAIRE DES VILLES ET CAMPAGNES,
Rue des Maçons-Sorbonne, 17.

1847.

LE
CHIFFONNIER GRIVOIS.

RIVAROL
VERITÉ

LE
CHIFFONNIER
GRIVOIS

OU

LE MANNEQUIN PLEIN DE MALICES.

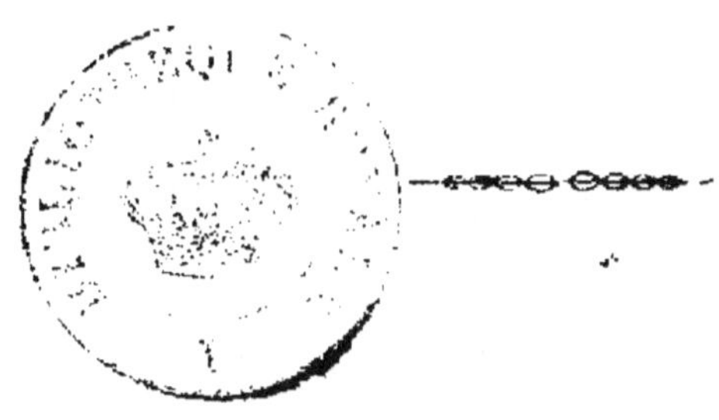

Paris.

A LA LIBRAIRIE POPULAIRE

DES VILLES ET DES CAMPAGNES.

—

1847.

Impr. de Pommeret et Guénot, rue Mignon, 2.

LE CHIFFONNIER GRIVOIS.

Le précepteur des enfants de madame D...
prenant un potage bouillant, laissa échapper
un cri par en bas.—Tu as bien fait de sortir,
lui dit-il, car j'allais te brûler tout vif.

Un professeur donna à ses élèves le sujet
d'*Aria et Petus* à mettre en version. Un
d'entre eux traduisit ces trois mots : *petus non
dolet*, pétez, cela ne fait pas de mal. — Non,
lui répondit le professeur avec un sang-froid
admirable; non, monsieur, ça soulage; mais
c'est fort sale.

Deux pauvres gens, mari et femme, que
la misère ne leur permettait pas de célébrer le
jour des Rois, convinrent que, puisqu'ils
étaient dans la malheureuse situation de ne
pouvoir acheter un gâteau, le premier qui

parlerait serait le roi ou la reine, et qu'alors il faudrait payer sa royauté par un acte de complaisance, à la discrétion de l'autre. Le mari espérait qu'en sa qualité de femme, son épouse parlerait la première, mais elle tint bon toute la journée, et le soir ils se couchèrent sans qu'aucun des deux eût proféré une seule parole. A peine étaient-ils couchés que la femme fit un gros pet f.....x. — Ah! la cochonne, dit le mari, et la femme de crier aussitôt : « Le roi boit! le roi boit! »

Comment cette femme, qui avait mangé toute sa fortune, est-elle donc parvenue à se tirer de la *crotte?* — En se troussant.

Une précieuse qui voulait passer pour instruite, croyant parler de *Grandisson,* disait qu'elle ne connaissait pas, qu'il n'y avait pas de roman qui lui avait fait autant de plaisir que *Grossisson.*

Un beau-père voyant sa bru fort triste d'avoir perdu son argent à l'écarté, lui chantait ces vers du prisonnier :

> Qu'avez-vous donc, ma belle-fille?
> Ma belle-fille, *cavez-vous donc.*

Un railleur dont la femme passait pour galante, reprochait à un homme d'esprit d'être impuissant. — Je conviens que vous avez l'avantage sur moi de ce côté, lui répondit le dernier; mais aussi je ne suis pas cocu.

Quelqu'un se faisait raser chez un perruquier. Le garçon lui laisse la barbe à moitié faite, le quitte et va dans un coin satisfaire un petit besoin. — Comment, cochon, tu pisses dans la boutique! — Qu'est-ce que ça me fait? je m'en vais demain. Et il vient finir la barbe. Quand elle fut faite, le barbifié défait sa culotte, et fait un *cas* au beau milieu de la boutique. — Comment, cochon, dit à son tour le garçon, vous ch... ici! — Qu'est-ce que cela me fait? je m'en vais tout de suite.

Un Gascon ayant demandé au roi une pension dans un mémoire fort long qu'il lui adressa, Sa Majesté lui répondit qu'elle la lui accorderait, pourvu qu'il la demandât d'un seul mot. Le Gascon s'étant retiré, rêva de la manière dont il viendrait à bout de son projet. Enfin, il écrivit sur un parchemin ces mots d'usage : *Louis, par la grâce, etc., accordons à notre bien-aimé N... la pension*

*de quinze cents francs, à titre de pension an-
nuelle*, etc. Quelques jours après, lorsque le
roi mettait le pied dans la voiture, notre
Gascon se présenta au passage, et lui dit, en
lui montrant l'écrit : —*Signez !* —C'est juste,
dit le roi, et il signa l'écrit.

Dans une vente sur le pont Saint-Michel,
se trouvait une seringue recourbée, à l'usage
de ceux qui veulent se donner des lavements
eux-mêmes, pour ne montrer leur derrière à
personne. Un grenadier qui vit ce meuble in-
connu pour lui l'acheta, l'emporta au *corps-
de-garde*, et, fier de son emplète, emprunta
du tabac à un de ses camarades pour essayer
ce qu'il appelait sa pipe d'étain. Le camarade
reconnut l'objet; mais, riant sous cape, il
laisse mon fumeur user le tabac jusqu'à la fin;
après quoi, il lui dit : — Heim ! comment
trouves-tu ta nouvelle pipe ?—Pas mauvaise;
mais le tuyau est un peu amer. — Je le crois
bien, c'est d'hasard; ça aura été dans queu-
que bouche qui sentait mauvais. — Je trouve
aussi que le trou est un peu large, tout le
tabac m'est entré dans la gorge. — Oh ! ça
c'est bien ta faute; pourquoi y mets-tu du
tabac? — Pardi, qu'est-ce que tu veux que

j'y mette? — De l'eau, imbécille! — De l'eau? Est-ce que tu crois que je me sers d'une pipe pour me rincer la bouche? — Je ne dis pas que ce soit pour te rincer la bouche, moi, puisque c'est une pipe à c... Et tout le corps-de-garde de rire au nez du pauvre grenadier, que l'on fit rire lui-même en lui expliquant sa méprise.

Une dame en se promenant laissa tomber son mouchoir; un faiseur de charade le ramasse et le lui présente :

> Si vous étiez mon *second*,
> Je ne serais pas mon *premier*;
> Mettez mon *tout* dans votre poche.

Une autre dame avait le cou d'une laideur affreuse; elle jouait à la *bouillotte*, perd son *va-tout* avec *brelan*, et, dans la chaleur du jeu, essuie la sueur qui coulait de son visage. — Ah! madame, lui dit-on, vous essuyez un bien vilain coup (*vilain cou*).

Une assez jolie femme puait horriblement de la bouche; un plaisant lui dit : — Vous êtes le chef-d'œuvre de la puissance divine.

— Pourquoi ? — C'est qu'en vous faisant, le ciel a fait tout ce qu'il put (tout ce qui put).

Un homme d'esprit allait souvent chez une femme sotte et bavarde, mais qui donnait de bons dîners. —Comment peux-tu souffrir l'insupportable babil de cette caillette ? lui dit un ses amis. — Si je voulais, répondit le premier, avoir une poule dans ma cour pour manger ses œufs, il faudrait que je souffrisse son caquetage.

Nos anciens avaient pour s'exprimer une manière bien plus expéditive que celle que nous employons. Voilà deux ou trois cents ans que ce quatrain a été fait :

Ch... à vos	13	votre aise.
Et soyez à	6	assis.
Fol est qui ne	16	s'aise (s'aide).
A vous je le	10	dis.

Un charlatan n'avait qu'une espèce de pilules pour guérir toutes les maladies. Un paysan vint le prier de lui faire retrouver son âne qu'il avait perdu. L'empirique commença par lui dire :—Mon ami, rien n'est plus aisé;

mais vous n'ignorez pas qu'il faut que l'homme à talent vive, ainsi que le plus pauvre terrassier. Le paysan comprit parfaitement ce que l'homme à talent demandait; il tire de sa bourse la seule pièce d'argent qui y était; elle est acceptée sans difficulté : ensuite l'empirique voulant paraître se donner un air d'importance et de ne rien ignorer, fit avaler la pilule au paysan, et l'assura que bientôt il retrouverait sa monture. Notre idiot reprend le chemin de sa maison, comptant bien sur la promesse du charlatan; mais l'opération du remède se faisant bientôt sentir, il s'écarte du chemin pour en aller porter les effets dans un champ, où le hasard veut qu'il retrouve son âne. —Voilà, s'écrie-t-il, un grand devin.

Le cardinal de Richelieu, tourmenté de la colique, voulut prendre un lavement. Il fit avertir son apothicaire, qui, étant malade, envoya son premier garçon pour administrer au cardinal le lavement, et lui recommanda surtout de ne pas oublier de se servir du mot *éminence*. Ce garçon, trouvant de la difficulté à introduire la canule, dit au cardinal :

« S'il plaisait à votre Eminence de l'intro-
« duire elle-même, je risquerais moins de la

« blesser, attendu que votre Éminence a deux
« éminissimes éminences qui empêchent l'en-
« trée du canon dans son lieu. » — « Allez,
« mon ami, dit le cardinal, en éclatant de
« rire, allez assurer votre maître que vous êtes
« aussi mauvais orateur que mauvais opé-
« rateur. »

Un juge dit à des défenseurs qui s'écar-
taient de leur sujet : —Messieurs, on vous appelle avocats, parce vous devez penser à
vos cas.

Un étranger ayant entendu dire qu'un couteau coupait comme un rasoir, demanda ce
que cela signifiait. On lui répondit qu'on devait entendre par-là que le couteau coupait
beaucoup.—Ah! je vois, reprit-il, comme un
rasoir ou beaucoup, c'est la même chose. Un
jour qu'il se trouvait dans la rue par une pluie
épouvantable, il s'écria :—Ah! mon Dieu, il
pleut comme un rasoir.

Un Gascon et un Normand se prirent un
jour de querelle dans une société d'hommes.
Le Gascon appela l'autre punais, celui-ci lui

répondit : —Je ne suis pas punais, cocu. Celui-ci qu'on appelait cocu, et qui peut-être l'était, ne pouvant digérer cet affront, va se plaindre au commissaire, qui dit au Normand que cette parole inconséquente peut le mener loin. Le Normand répondit :—Moi, monsieur; mais permettez : cet animal m'a appelé punais, et je lui ai répondu je ne suis pas *plus net qu'au c....*

Un fermier de latrines publiques avait mis au-dessus de sa porte :

> Apportez-moi vos résidus ;
> Les ét...., voilà ma vendange :
> Venez chez moi vider vos c..s ;
> Car plus vous ch..., plus je mange.

A une époque où l'on ne pouvait circuler dans la capitale sans être muni de ses papiers, une sentinelle apercevant un particulier, lui crie : qui vive?—Merde, répond celui-ci. On l'arrête. Le chef du poste ayant vu qu'effectivement c'était son nom, lui dit :—Excusez mon camarade, je n'savais pas que Merde était un nom *propre.*

Louis-le-Grand, passant en revue ses gardes-du-corps, en aperçut un qui n'avait pas son baudrier, et le cassa. Le lendemain, le roi aperçut dans un coin du parc le disgracié qui feignait de se débarrasser de certaines petites bêtes fort sales. Sa Majesté envoya demander ce qu'il faisait là.—Hélas! répondit le garde, ne trouvant pas de plus beaux exemples à suivre que ceux du roi, je casse tous mes *gardes-du-corps* qui n'ont pas de baudrier. Le roi, en faveur de cette plaisanterie, le réhabilita.

On disait d'un homme puant qu'il fallait que sa mère fût accouchée de lui par le derrière.

Voici comment on persuada à un imbécille qu'il était dans la marmite des Invalides.

Je suis où vous n'êtes pas.—Oui.—Par la même raison vous êtes où je ne suis pas. — Sans doute. — Je ne suis pas dans la marmite des Invalides. — J'en suis plus que persuadé. — Donc vous êtes dans la marmite des Invalides.—Bah! c'est drôle.

Quel est l'arbalétrier le plus maladroit? —

Le c., quand il pète; car il vise aux talons,
et frappe au nez.

Un jeune homme parlant avec chaleur à un
de ses amis, fait un gros p... — Diable, lui
dit l'autre, quelle pétulance! (Quel pet tu
lances!)

Charles-Quint avait placé le portrait de
François Ier dans sa garde-robe, pour mar-
quer le mépris qu'il faisait de sa personne.
Comme l'empereur le montrait à l'ambassadeur français, en s'applaudissant de cette idée,
celui-ci eut la hardiesse de lui dire : —Vous
avez bien fait, Sire, attendu que lorsque vous
serez constipé, en regardant le portrait du roi
de France, mon maître, vous aurez sur-le-
champ la *foire*.

Un capucin étant dans une ville d'Italie,
demanda à dire la messe. Le sacristain s'offrit
pour lui servir de répondant. Il avait déjà dit
introibo ad altare Dei, lorsqu'une vieille
femme se mit à péter très-fort. Le sacristain
se tourna vers elle, et lui dit d'un grand sang-

froid : —Madame, ce n'est pas à vous à répondre.

Un évêque placé près de M. de Bièvre, à
table, ayant pété par mégarde, il lui dit tout
bas : —Monseigneur, vous voudriez bien que
ce fût un vent cardinal? Malheureusement
la chose ayant fait du bruit, Bièvre dit alors
aux rieurs : — On croit que lâcher un pet en
compagnie est très-mal, mais c'est un très-
mal-entendu, car on doit *sentir* que celui
auquel il échappe ne le fait pas de sa tête, et
que ce n'est pas sans *fondement* qu'il en agit
ainsi.

Une grosse paysanne, tourmentée par une
colique, se met au pied d'un gros arbre,
mais qui ne l'était cependant pas assez pour
cacher son c... Un particulier de sa connaissance, qu'elle n'avait pas aperçu avant de
se baisser, approcha d'elle et lui dit : —Bon
courage, Marie-Jeanne. Ah! vous pouvez
vous vanter d'avoir une bien grosse paire de
lunettes. — Ne vous en faites pas faute, maître Pierre!

Un homme se vantait de bien parler, et de n'ignorer aucun des beaux termes; quelqu'un lui demanda lesquels étaient les plus intéressants. Le prétendu beau parleur se trouvant interdit, l'autre lui dit qu'il le défiait de trouver des termes plus beaux que ceux de Pâques, Saint-Jean, Saint-Martin, etc., auxquels on lui payait les rentes et les loyers de ses maisons.

Un homme qui avait été insulté par un autre, lui administra une volée de coups de bâton. — Que vous êtes méchant et rancuneux, lui dit le battu, il y a si longtemps que la chose est passée! — Je le sais, répliqua le battant, mais une autre fois vous vous rappellerez que les injures se gravent sur *l'airain* (les reins).

Louis XVI s'amusait quelquefois des pointes de M. de Bièvre; dans un moment de gaîté, il lui demanda un calembourg. — Sur quoi, dit Bièvre? — Sur moi, répondit le roi. — Sire, reprit-il, vous n'êtes pas un *sujet*.

Deux personnes, pour s'être souffletées,

se disposaient à s'aller battre. On pria de Bièvre d'être médiateur dans cette affaire. — Vous plaisantez, dit-il, me prenez-vous pour un *raccommodeur de soufflets*?

Une dame lui disait : Si vous étiez marié lequel aimeriez-vous mieux d'une fille ou d'un garçon? — Ne me parlez pas des garçons, dit-il, à peine peuvent-ils marcher sans lisière, qu'ils courent partout; j'aime beaucoup mieux les filles, du moins on peut en *jouir*.

Un directeur de province avait trouvé solide et économique tout à la fois, de faire confectionner en marbre les mets que l'on sert sur le théâtre dans les pièces où se trouve un repas obligé. Le comique Odry, l'un des acteurs du théâtre des Variétés, invité dans une de ses tournées par lui à donner quelques repésentations, ne manqua pas de jouer le rôle du garçon boulanger, l'un de ses plus beaux triomphes. Trompé par l'apparence il porte sa fourchette et son couteau sur un pâté d'une mine appétissante, et éprouve une résistance inattendue. «Peste soit de l'invention, dit-il à mi-voix à sa voisine! Comment? on affiche les *Cuisinières*, et c'est le *Festin de* PIERRE qu'on nous donne! »

En arrivant un soir au théâtre, Odry raconta qu'il venait d'être spectateur d'un duel entre deux *maréchal :* « Ah! ah! maréchal! s'écrie-t-on de toutes parts ; c'est maréchaux que vous voulez dire. — Permettez, il ne s'agit pas de *maréchaux de France,* car le duel était à coups de poings. — Et quand ce serait des maréchaux ferrants.— C'est bien *différent* (dit ferrants). — Du tout! il faudrait encore maréchaux.—Maréchal, vous dis-je? C'est un cas *singulier.* — Il n'y a cas qui tienne, je gage un déjeuner qu'il faut le pluriel. — Je tiens la gageure; mais vous avez perdu , je vous en avertis. — Je veux perdre : expliquez votre affaire. — A peine nos gens s'étaient-ils portés quelques coups, que sont arrivés la garde et le commissaire; on a pris mes deux boxeurs, qui se sont hâtés d'exhiber leurs papiers. Eh bien! l'un s'appelait *Maréchal*, l'autre était *maréchal* de profession. D'où je conclus que c'étaient deux *Maréchal*; et vous avez perdu le déjeuner. »

Quel est l'esprit le plus mobile? — Celui d'un gourmand, parce qu'il n'est jamais dans la même assiette.

Dans quelle rue doit se loger un poète? — Dans celle du Mûrier, parce qu'elle convient mieux que tout autre à un homme qui a des *vers à soi* (vers à soie).

La Fontaine s'est trompé dans sa fable du *Chéne et du Roseau*; ce n'était pas un chêne qu'il voulait y mettre, puisque toute la morale de l'apologue se borne à ceci :

Au fort de la tempête il faut un *peuplier*
(un peu plier).

Le vrai remède contre le choléra, le savez-vous? — Non. — C'est de se tenir constamment dans une église. — Bah! vous croyez. — Sans doute, l'église n'est-elle pas un lieu *sain* (saint).

Quel est l'événement historique qui a fait le plus renchérir les draps? — L'enlèvement d'Hélène (des laines).

En quoi une reine de France diffère-t-elle d'un chat angora ? — Le chat fait le gros dos, la reine le dauphin (dos fin).

Louis XV jouait aux échecs avec l'ambassadeur d'Espagne, en présence de M. de Bièvre; celui-ci conseillait le roi. A la fin l'ambassadeur exigea qu'il gardât le silence. —Je ne dirai plus rien, dit de Bièvre; mais tout à coup il voit le roi hésiter sur un coup; ne pouvant parler, il lève la cuisse et fait entendre un gros pet. Le roi se retourne avec surprise. Sire, s'écrie de Bièvre aussitôt *Quand la trompette sonne, le cavalier doit marcher.* Le monarque sentit l'à-propos, et l'ambassadeur d'Espagne prit une prise de son tabac.

Quel est l'événement qui a fait le plus de tort aux marchands de tabac? —La descente d'Enée aux enfers (des nez aux enfers).

Il ne faut pas avoir peur de son ombre; mais quand on est cerné par l'ennemi, il n'est pas surprenant qu'on ait peur de *son ombre* (son nombre).

On venait d'amener chez le commissaire

de police une troupe de gens déguisés qu'on avait arrêtés dans l'après-midi du mercredi des Cendres; les uns étaient en Apollon, les autres en Diane, celui-ci en Mercure, celui-là en Hercule. — Avance, Hercule, dit le commissaire à ce dernier. — Et comment voulez-vous que je fasse, répliqua-t-il, sans bouger de place, vous me dites *avance et recule.*

Si vous êtes mécontent de votre domestique dites-lui que vous le placerez à la cour de l'empereur turc. — Mais je ne connais pas l'empereur turc. — Vous ne connaissez pas la Porte? — Si fait. — Eh bien! vous l'y mettrez (à la porte).

Un M. Cocu demandait à être autorisé à changer son nom. — Et pourquoi cela? lui demanda le ministre. — Parceque Cocu est un nom *commun*, et que je voudrais avoir un nom *propre.*

Comment vous appelez-vous, disait le commissaire à un individu qui comparaissait devant lui. — *Merde.* Vous êtes un insolent, répondez-moi, votre nom? *Merde.*

— Je vous enverrai en prison, si vous per-
sistez. — Allons votre nom, encore une
fois ?—Et *Merde*, vous dis-je ; je ne l'ai pas
mâché, j'espère. Le commissaire était furieux. Enfin, donnez-moi vos papiers, dit-il.
L'individu exhibe un passeport, et le magis-
trat y lit tout du long *Pierre-François Merde.* — Je n'aurais jamais cru que Merde fût
un nom propre. — Cru ou non (crue ou
non), vous la gobez, monsieur le commissaire, lui observa son secrétaire en répétant
avec emphase le mot MERDE. — Allons,
taisez-vous , lui dit-il, vous en avez plein la
bouche.

Une vieille coquette disait à un Monsieur :
ne m'en contez pas, je ne suis pas de ces
femmes dont on se joue, je suis trop *rusée*.
— Je crois, reprit le monsieur, que vous
vous donnez un *air* (un R).

Une dame provençale dînait avec son
mari à la préfecture de Dijon ; la société était
nombreuse ; le mari laisse tout à coup échapper un vent dont la détonation fait lever la
tête tous les convives.—Mille excuses à la
compagnie et à mosu le préfet, s'écrie la

Provençale, mais comme mon mari est un pétit peu sourd, il aura sans doute cru dé vesser.

Un mari et sa femme faisaient partie d'une noce ; en traversant un pont avec tous les invités, le mari, qui se retenait probablement depuis longtemps, ne peut empêcher certaine expulsion bruyante de se faire avec éclat. N'es-tu pas honteux ? lui dit sa femme. — Et de quoi ? lui répliqua-t-il, à la bonne heure, s'il n'y avait pas là de *parapets*.

Un homme contrefait disait à son ami : Je suis de bonne composition, vois-tu ; si tu t'aperçois que je me trompe, tu me redresseras. Je t'*avertirai*, à la bonne heure ; mais te *redresser*, y songes-tu ? c'est impossible

— Vos plaisanteries m'obsèdent, et je vous avertis que si vous continuez, je finirai par prendre la *mouche*. — La mouche, laissez donc, c'est plutôt un mauvais taon (ton) que vous prendrez.

Un farceur, lisant une affiche de spectacle, où, parmi les pièces annoncées, se trou-

vait le *Faucon*, dit : Je n'irai pas ; et en même
temps il cita ce vers de Boileau : « *Rien
n'est beau que le vrai, le vrai seul est ai-
mable.* »

Savez-vous pourquoi Annibal reçut un
échec à la bataille de Zama ? C'est qu'il
avait Scipion contre lui (six pions).

Avez-vous remarqué, disait une actrice
avec quel pathétique j'ai prononcé mon *ah*
Cette simple exclamation a transporté le pu-
blic ; puis elle revenait sans cesse sur cet *ah*
qui avait produit tant d'effet. Ah ! dit quelqu'un, c'est une atrocité (*ah*! trop cité).

Un pauvre homme, qui vivait difficile-
ment du produit de sa pêche, fut un jour
trouvé pendu derrière la porte de sa cabane.
Pauvre Jacques ! s'écriait un voisin, oh ! c'est
lui-même qui a mis fin à ses jours. Je l'ai
déjà décroché une fois qu'il en avait fait autant. Demandez-moi un peu quelle idée il
avait là ? Quelle idée, reprit un plaisant?
assurément il avait lu les saintes écritures
il savait qu'il y a de grandes joies au ciel ;

pour un *pêcheur* qui se *repend* (pêcheur qui se repent).

Quand revint la mode des tailles longues aux robes de femmes, les uns trouvaient cela charmant, les autres ridicule. On ne doit pas disputer des goûts ni des couleurs dit un malin ; mais je sais une classe de femmes, classe riche, classe fournie d'écus, comme l'on dit, qui ne s'arrangera pas de cette mode là. — Quelle classe donc ? — Celle des boulangères, qui est forte pour les courtes tailles.

Talleyrand vit un jour, d'une fenêtre du château de Valençay, l'un des valets d'écurie poursuivant, la *fourche* à la main, un de ses camarades : « Arrêtez-le donc ! cria-t-il à des gens qui regardaient ce furieux sans chercher à le calmer. — Bon ! Monsieur, c'est une querelle particulière. — Dites plutôt *partie fourchette*.

L'empereur Napoléon encourageait singulièrement la propagation des mérinos ; aussi de son temps y avait-il beaucoup de moutons dans les chambellans (champs bêlants).

Savez-vous quel est le plus lourd de tous les saints? — C'est Saint-Christophe, parce qu'il est le plus massif.—Vous n'y êtes pas, c'est saint Tropez (trop pèse)

Dites-moi pour qui vous prend un ami qui vous fait faire un maigre dîner? — Il me prend pour un homme sobre apparemment. — Non, pour un *coutelier*, puisqu'il vous fait faire un *repassage* (repas sage).

Quand je monte dans un carrosse, je me place toujours sur le siége de devant, et si l'on me dit de me mettre au fond, je réponds: Non, parce que de quelque côté que je sois tourné, quand je m'assieds dans une voiture, il me semble que je suis toujours *sur le derrière.*

On disait de trois coquettes prétentieuses, qui étaient fort laides, et que l'on voyait toujours ensemble : Ce n'est pas un trio, c'est un *triolet* (trio laid).

Un jeune homme se plaignait de l'infidélité de sa maîtresse. « Pouvais-je m'y attendre après qu'elle m'a *cent fois* promis de m'aimer toujours. — Eh! lui dit-on, c'est précisément parce qu'elle l'a promis *sans foi* qu'elle ne tient pas parole.»

Dans un bal, un jeune homme invitait une dame pour la prochaine contredanse : J'en ai déjà dansé dix-neuf, lui dit-elle. — Hélas! reprit-il, j'espérais en vingt (en vain).

Une veuve très-dévote fut obligée, par un accident très-naturel, à disparaître pour quelque temps : C'est maintenant, dit un médisant, qu'elle peut se flatter d'être un jour canonisée, car elle vit *en sainte* (enceinte).

Savez-vous ce que c'est qu'un Turcoman? —C'est un sujet du grand seigneur....— Eh bien ? vous n'achevez pas? — Que voulez-vous de plus?—Que vous finissiez la phrase: Un Turc *au Mans* est un sujet du grand seigneur *dans le chef-lieu du département de la Sarthe.*

On disait devant un plaisant qu'un marchand de *vin* (devin) pourrait, s'il le voulait, *prédire* l'avenir. « Ah! dit-il, je croirais plutôt cela de mon voisin le *distillateur*; c'est un garçon qui ne manque pas d'*esprit* (d'esprits).»

Voyant un jour à l'autre bout de la table deux *ris* de veau sur un plat : « Faites-moi, dit-il, en élevant la voix, le plaisir de me passer cette *perdrix* (paire de ris).»

Un jeune homme qui avait la poitrine fort délicate, voulant apprendre à donner du *cor*, on lui dit qu'il n'en jouerait jamais bien, parce que le souffle était l'*âme* de cet instrument : Vous avez raison, reprit-il, ca qu'est-ce qu'un *cor sans âme* (corps sans âme).

On a beau déclamer contre les dévotes, disait l'abbé de Lacordaire, cependant il m'arrive parfois d'en voir quelques-unes *accomplies* (à complies).

Un bretteur et un joueur venaient tou les deux de mourir à l'hôpital ; quelqu'un s'informant de la cause de leur perte, un plaisant répondit que l'un était mort de la fièvre *tierce* et l'autre de la *quarte* (carte).

Pendant un dîner, les convives trouvè-
rent le vin de Bordeaux un peu vert. C'est
cependant, leur dit-on, du vin de *sept ans*
(de cet an). Eh bien! ajouta quelqu'un,
j'en ai bu de pareil *à six sous* la bouteille
(assis sous la bouteille).

Une dame disait que les hommes avaient
de grands *torts* envers le sexe. Cela peut
être, reprit un plaisant, mais vous convien-
drez que ce qui est *tort* pour une femme
ne l'est pas pour une autre.

Un marchand facétieux nommait ceux
qui venaient chez lui sans acheter des *non-
chalans* (non-chalands). Cet homme ne bu-
vait que de l'eau, et il appelait ceux qui
mettaient du vin dans leur eau des *gâteaux*
(gâte-eau).

Sur la fin du règne de Louis XIV, le
grand-dauphin paraissait surpris de la dé-
tresse où se trouvait l'état. Mon fils, dit le
roi, nous maintiendrons notre couronne.
Sire, repartit le dauphin, *maintenons-la*
Maintenon l'a).

Quelqu'un disait que rien n'était plus

rare qu'un ami. — Cependant, reprit-on, il n'est pas de cuisinière qui n'ait un petit ami à son service (un petit tamis).

Un gastronome se plaignait à son cuisinier de ce qu'il ne lui avait servi que la moitié d'un lièvre rôti. Vous avez tort, lui dit un ami, c'est un lièvre *admirable* (à demi râble).

Un ivrogne demandait quel est le meilleur *poisson* ? Quelqu'un répondit que c'était le *poisson d'eau douce*. Eh bien ! reprit-il, je préfère un *poisson d'eau-de-vie*. — Pour moi, dit une autre personne, je ne mange jamais de *poisson* ; mais en mangeant des pois verts, je suis comme les mangeurs de *poissons* (de pois sont).

En 1764, mademoiselle Miré, danseuse de l'Opéra, enterra son amant ; les plaisants lui firent l'épitaphe suivante qu'on grava en musique sur son tombeau :

La mi ré la mi la (la Miré l'a mis là).

Le cardinal *Dubois* était fils d'un apothicaire : ses ennemis appelaient son père *Dubois* de canule ; lui, *Dubois* pourri ; son frère long et mince, *Dubois* de haute-futaie, et ses neveux, *Dubois* de tremble, parce qu'ils le craignaient comme le feu.

Un Rhémois disait que le vin de Champagne ne faisait point de *mal* ; en ce cas-dit un plaisant, il n'est pas propre à *voyager*, puisqu'il ne fait point de *malles*.

Le comte de Lauraguais, de retour de l'Angleterre, était allé, suivant l'usage, faire sa cour à Versailles. Le roi lui demande d'où il venait ? — De Londres, Sire. — E, qu'avez-vous été faire là ? — Apprendre a penser... — (*à panser*) des chevaux, reprit le roi.

Un misanthrope disait, en voyant papillonner autour de nos élégantes un essaim de mirliflors : il faut que ces femmes-la soient bien sujettes aux faiblesses, car elles sont toujours entourées de *sofas* (de sots fats).

Le prince d'Hénin était l'amant dédaigné de mademoiselle Arnould ; Champcenetz, qui avait à s'en plaindre , fit courir contre lui ce brûlot :

Depuis qu'auprès de ta calin
Tu fais un rôle des plus minces,
Tu n'es plus le prince *d'Hénin* (des nains);
Mais seulement le *nain* des princes.

Dans le temps que le *Stabat* de *Pergolèse* parut, une bonne femme fut chez son marchand de tabac et lui dit : Donnez-moi donc une prise de *c'tabac du père Golèse,* dont on parle tant.

Le chevalier de Boufflers fit l'impromptu suivant pour un Nicolas :

Vous savez bien mes chers amis ,
Qu'il faut des *coqs* pour cocher nos poulettes;
Vous savez qu'il faut des nids.
Pour loger aussi leurs petits ;
Vous savez bien que nos fillettes
Forment des *lacs* où nous sommes tous pris.,
Or de ces *nids* de ces *coqs* ,de ces *lacs* ,
L'Amour a formé *Nicolas.*

M. de Talleyrand, apercevant une demoiselle qui cueillait une rose, lui dit : Vous voulez donc vous *minéraliser ?* — Comment donc ? — En devenant *couperose* (coupe -rose).

M. Molé, voulant exprimer qu'une femme chantait mélodieusement , disait qu'elle avait la voix douce comme du lait. — J'aimerais autant dire , ajoute M. de Talleyrand , qu'elle a la *voix lactée* (la voie lactée).

M. *de Clermont-Tonnerre,* traversent la terre de Pont chartrain en voiture, rencontra sur un pont étroit celle de monsieur de *Pontchartrain.* Le postillon de celui-ci ayant sommé son maître, afin que l'autre s'arrêtât, ce cocher de M. de Clermont répondit brusquement : Je me moque de son *pont,* de son *char* et de son *train*; je mène le *tonnerre,* il faut que je passe.

Le beau Dillon, favori de la reine, avait toutes les dents gâtées; ce qui fit dire qu'il avait beau se présenter devant un miroir qu'il ne se voyait jamais *dedans* (de dents).

Depuis longtemps les *sonnets* sont en vogue en Italie, ce qui a fait dire à M. de Talleyrand que les poètes italiens aimeraient mieux être *buses* que *sansonnets* (sans son nets).

M. Kératry, aussi connu par la beauté de son âme que par la laideur de sa figure, allait de temps à autre prendre sa demi-tasse dans un café. Aussitôt qu'il était entré, la limonadière, qui le connaissait particulièrement, affectait de s'écrier : Garçon, versez du café au *lait* (au laid). Mais un jour M. Kératry, ennuyé de ce perpétuel refrain, lui dit : Madame, vous avez de très-bon café ; mais je crois que vous n'avez guère de *bon thé* (de bonté).

On disait devant M. Cousin le célèbre philosophe, qu'il ne fallait pas se fier aux Allemands. Cela m'étonne, reprit-il, car à mon dernier voyage de Mayence j'ai vu dans ce pays-là beaucoup de *gens bons* (de jambons).

Le grand archéologue M. Vitet, à qui l'on avait fait présent d'un vase antique, le montrait à ses amis en leur disant : Venez voir mon *potager* (pot âgé).

Arlequin, fâché contre Gilles, le frappait avec sa ceinture. Tu te bats comme un *tonnelier*, lui dit Gilles. — Comment cela ? —

C'est que tu me donnes des coups de *cerceau* (serre sot).

Linguet et Coquelet, tous deux avocats célèbres, plaidaient ensemble dans une affaire ; Coquelet appelait son adversaire, maître *Lin-gu-et*. Linguet, pour le ridiculiser l'appelait à son tour, *Co-qu-e-lèt* (cocu et laid); parce qu'il était effectivement l'un et l'autre.

M. Viennet parlait à une femme qui paraissait préoccupée. Je crois, lui dit-il un instant après, que votre esprit *fait des culottes*. —Que voulez-vous dire ? reprit-elle. —C'est qu'il est *tailleur* (il est ailleurs).

A la suite d'un dîner où l'on avait bu plus de cinquante espèces de vins, le maître du banquet dit aux convives : Vous ne direz pas que la nature n'a rien produit en *vain* (vins).

Une jeune femme disait qu'en général le sexe masculin était très inconstant dans toutes les espèces. Vous vous trompez, lui dit son ami ; quand les oiseaux ont fait choix d'une campagne, ils ne s'envolent jamais sans *elles* (sans ailes).

Plusieurs peintres ayant travaillé au portrait de Saint-Louis, et n'ayant pu y réussir, mademoiselle Arnould dit à ce sujet: Jamais le proverbe, gueux comme un peintre, ne s'est mieux vérifié qu'aujourd'hui; car à dix ils n'ont pu faire *cinq louis* (Saint Louis).

On reprochait à un bourgeois de ne pas veiller sur sa femme, qui allait très souvent chez une voisine dont les mœurs étaient suspectes. Parbleu, reprit le bonhomme, c'est *là ma querelle* (la maquerelle).

M. Gisquet disait à un joueur qui ne perdait jamais : Je gage que vous n'iriez pas la nuit dans un cimetière. Pourquoi cela dit l'autre ? C'est que vous êtes *trop peureux* (trop heureux).

Un fournisseur voulant se donner des armoiries, consulta quelqu'un, qui lui conseilla de faire mettre sur son écusson un coq sans queue, et pour légende, *Coq imparfait* (coquin parfait).

Le jour des rois, Madame d'Abrantès eut la fève et la donna à son mari, qui lui demanda ce qu'elle voulait qu'il en fît ? — N'est-ce pas vous qui devez vous charger du *poids* de la royauté ? (du pois).

Un marchand du quai de la Ferraille avai fait peindre sur son enseigne un rat dégui en colleur d'affiches, avec ces mots : *Au ra colleur* (au racoleur).

Laissez-moi, disait la reine d'Espargne M. le baron Mignet: allez faire votre cou aux belles dames de Paris. Ah ! madame, reprit-il, les femmes de ce pays-là n'ont pas votre *corsage* (corps sage).

Un nommé *Pion*, jardinier du prince de Talleyrand, vint le prier d'être le parrain d'un garçon dont sa femme venait d'accoucher. Le prince y consentit, et s'avisa de lui donner le nom de *Maur* de sorte qu'on ne pouvait prononcer les noms de cet enfant sans faire un plaisant calembour.

Le mari d'une jolie femme disait ironi
quement qu'il s'en rapportait à elle pour la
provision de *bois*. Quelqu'un repartit galam-
ment : Si Madame joint à ses *charmes* les
chênes (chaînes) qu'elle fait porter, vos *feux*
ne s'éteindront jamais.

Une jeune personne répétait une ariette
qu'il fallait chanter très *amoroso ;* son maître de musique lui dit : Voilà un *ré* qui est
trop froid. Si vous voulez un *réchaud,* reprit-elle, passez à la cuisine.

Quelqu'un assurait que sa bru était une
jolie brunette. On lui observa qu'elle était
blonde. Cela est vrai, reprit-il, mais elle est
ma *bru* et elle est *propre ,* c'est une *brunette.*

Un nommé Aubri, cuisinier chez le cardinal Fesch, y avait fait placer le fils d'un
paysan, nommé Loup. Celui-ci écrivit à son
fils, et ne connaissant pas son maître, il mit :
A mon *fils loup* (filou), chez le cardinal
Caubrisert (qu'Aubri sert).

On connaît la devise de l'ordre de la Jarretière : *Honni soit qui mal y pense*. Lord Seymour l'a fait poser en lettres d'or sur la porte de son écurie, avec un léger changement :

Honni soit qui mal y panse.

On parlait, dans une société, du mariage du doge de Venise avec la mer Adriatique : M. Bourmancey dit avoir assisté à un mariage bien plus singulier, celui du *Pérou* et de l'*Amérique* (du père Ou et de la mère Ique.)

Une femme, en se promenant, laissa tomber son mouchoir; un faiseur de charades le ramassa et le lui représenta en disant : Si je vous faisais mon second, je ne serais pas le premier; mettez mon tout dans votre poche.

Le comte de Saint-Blancart étant l'amant de mademoiselle Contat, le comte d'Artois vint voir cette actrice au moment de sa toilette, et lui dit, en mettant la main sous son fichu : Vous avez un *Sein blanc car*... je l'ai vu (Saint-Blancart).

Un étranger était à dîner avec M. de la Michaudière, président de la cour royale de

Paris, et l'entendant appeler La Michaudière (l'ami Chaudière), ne se crut pas assez
son ami pour l'appeler son *ami*, il se contenta de le nommer pendant tout le repas
monsieur *Chaudière*.

Un aventurier fut arrêté dans une ville;
les magistrats lui demandèrent quel était son
état. Il répondit qu'il était *marchand*. — Où
sont vos marchandises, lui dit-on ? — Je n'ai
jamais rien vendu, reprit-il, mais comme je
ne voyage qu'à pied, je suis toujours *mar-
chant*.

On critiquait un carillonneur sur sa manière de sonner les cloches. Il demanda aux
critiques s'ils étaient maçons ou architectes?
Sur leur réponse négative, le carillonneur
répliqua : Puisque vous n'êtes ni maçons, ni
architectes, vous ne devez pas vous mêler
de *maçonnerie* (de ma sonnerie).

Faites — nous donc un petit conte, disaient plusieurs femmes à l'abbé Cœur. Je
ne puis vous faire un petit *comte*; mais je
vous ferai un petit enfant de chœur (de
Cœur) répondit-il.

M. Viennet racontait avoir vu un musicien se disputer avec un soldat qui, au moment où son adversaire parait avec son instrument les coups qu'il voulait lui porter, lui plongea son sabre dans le corps sans lui faire de mal (dans le cor).

Une marchande de poisson commanda à un peintre une enseigne analogue à son état; l'artiste lui peignit un merlan dans un soulier, avec ces mots :
A la marée chaussée (A la maréchaussée).

On reprochait à M. Fulchiron de s'être fait attendre dans une société. J'étais avec le garde des sceaux, observa-t-il. — En ce cas le garde des sceaux (des sots) vous a gardé bien longtemps.

Un abbé venait d'être nommé précepteur de deux jeunes gens très fougueux ; quelqu'un l'aborde et lui dit : Je vous fais mon compliment, je viens d'apprendre que vous étiez gouverneur de *Corfou* (de corps fous).

Savez-vous la salle de spectacle qu'il en coûte le moins de tenir propre ? — C'est celle

de l'Opéra, parce qu'on y donne des balais
(ballets).

Un danseur qui était fort gêné dans sa
chaussure disait : « Je *garde* depuis longtemps un *cor* qui me fait bien *jurer*. Cela
n'est pas étonnant, dit-il, pour un *cor de
garde* (cors-de garde).

Dites-moi ce qu'il peut y avoir de commun
entre un propriétaire et un chiffonier ? —
C'est que tous les deux *cherchent des loques
à terre* (des locataires).

Dans une soirée, un jeune homme en se
pressant trop pour offrir des rafraîchissements à quelques dames, laissa tomber des
verres de sirop sur leurs robes. — Voilà des
vers impromptu, dit l'un des assistans. —
C'est vrai, répartit une des dames ; mais la
chute n'en est pas heureuse. — Ce ne sont
pourtant pas des *verres secs* (versets), ajouta
une autre. — Mille pardons, mesdames, dit
le jeune homme, si je vous ai mouillées,
mais ma mauvaise étoile... et quelqu'un l'interrompit pour dire qu'il était né sous le
signe du verseau (verre sot, verse eau).

Quel est l'évêque qui traite sa servante comme une carotte? — C'est l'évêque de *Ratisbonne* (ratisse bonne).

Pourquoi, dans une foule, un bossu se retrouve-t-il moins facilement qu'un homme droit? — C'est parce qu'un *bienfait n'est jamais perdu* (un bien fait).

Une dame ayant demandé à Odry tout ce qu'il fallait pour écrire, il ne lui présenta que des plumes et du papier : « Et de l'encre, dit-elle. — Bon, Madame, n'avez-vous pas le *cornet* (corps net)? »

Déjazet, rencontrant un de ses amis qui se promenait au *soleil*, lui dit : Ah! mon cher, rentrez ; vite vous êtes exposé au plus grand *désastre* (des astres).

Un railleur disait à quelqu'un qui sentait mauvais de la bouche: Vous seriez bon à tondre. — Pourquoi cela? — C'est que vous avez *la laine forte* (l'haleine forte).

Qui est-ce qui ressemble à une serrure?—

C'est une femme malheureuse, parce qu'elle n'est jamais sans *peines* (pène).

Il y avait tant de monde, comment avez-vous pu voir cette pièce, demandait-on à quelqu'un qui sortait du spectacle ? — *Eten-du* par terre, répondit-il, (étant du parterre).

Savez-vous ce qu'est un *pendu* ? — C'est un pan qui n'est pas payé (un pan dû), et un *pantin* ! Un paon qu'on a mis en couleur (un paon teint).

Quels sont les paons les plus lourds ? — Ce sont les plus gras. — Non, ce sont les pans de muraille. — Un curieux fit annoncer dans les petites affiches, la vente d'une volière ayant huit *pans* (paons, quatre *coqs*, six *grues* (coqsigru), plusieurs *canes* dedans et trois *autour* (autours).

Pourquoi Brutus n'a-t-il pas eu de place à la diligence ? — Parce qu'il a perdu *César* (ses arrhes).

Quel est l'animal à qui tous les autres doivent le respect ? — C'est le mouton ? — Et pourquoi le mouton ? — Parce qu'il est le plus vieux? — Et pourquoi est-il le plus vieux ? — parce qu'il est *l'aîné* (laîné).

Je n'aime pas les polisseuses. — Et pourquoi cela ? — Parce qu'elles sont trop lestes dans leurs propos, et qu'elles ont sans cesse à la bouche le mot *polissons*.

Un homme souffrant de la tête, son ami lui conseillait de se mettre les sangsues. — Non, répondit-il, je ne les aime pas ; elles font des ouvertures de *Béthoven* (bête aux veines).

Une personne sujette à caution avait au doigt un diamant qu'une dame regardait. C'est sans doute un bijou de *prix*, dit un connaisseur (pris).

Un plaisant demandait à un médecin ce qu'il entendait par *vaisseaux sanguins* ? Il répondit que c'était les *artères* et les *veines*. Vous vous trompez, lui dit-il ; lorsque nos corsaires rentrent dans le port sans avoir fait de prises, ce sont là des *vaisseaux sanguins* (sans gain).

Une coquette provinciale demandait à un Parisien quelles étaient les *robes* les plus à la mode à la cour? Ce sont, lui dit-il, les *robs de Laffecteur*. Le lendemain, la dame voulut en avoir, et elle fut bien surprise de recevoir des fiols de *rob anti-syphylitique*.

Dans quel pays les habitans peuvent-ils le plus facilement se passer de montres?—Dans le département de *l'Eure* (l'heure).

Deux amis avaient dîné ensemble; l'un d'eux disait à l'autre : que fais-tu? sors-tu?— Non, répondit-il, il fait trop froid. — Eh bien! reprit le premier : *Chicot*. — Comment? *chicot?*—Eh oui! reste dedans (reste de dent).

Si je vous demandais qui a pris *Trocadéro*, vous me répondriez, c'est le duc d'Angoulême; mais si je vous disais qui a fait *Trocadéro*, vous seriez fort embarrassé. — Eh bien! celui qui a fait *Trocadéro*, c'est Léandre, car c'est pour avoir *fait trop cas d'Héro* qu'il est mort.

Louis XV demandait à M. de Bièvre de

quelle secte étaient les *puces*. De celle d'Epicure (des piqûres), dit-il. — Et les pous ? — De celle d'Épictète, (pique-tête.)

Un homme qui s'appelait Franklin s'imagina être de la famille du célèbre Franklin ; il vint donc trouver à Paris le neveu de ce grand citoyen, et lui présenta ses papiers.— Monsieur, lui dit ce dernier, faites un *k* (cas) de votre *q* (cul), et vos papiers pourront alors vous servir.

Une femme très fraîche ayant demandé à un jeune homme comment il la trouvait : Insupportable, lui répondit-il, car votre beauté n'est qu'un fardeau, (fard d'eau). Il voulait dire qu'elle n'employait que de l'eau à sa toilette et ne se mettait pas de rouge.

Sous le régime des processions, toute la cour du Louvre était couverte de tentures... Les Parisiens disaient alors que le palais *était à pisser* le long du mur, (qu'il était tapissé).

A la suite d'un repas, un capitaine de avisseau, présentant un *bouquet* à une femme, laissa échapper de sa bouche un vent indiscret. Madame, dit aussitôt un auditeur, c'est un *romarin* que monsieur vous offre (un rot marin).

Que vous êtes *gauche*, disait une femme fort vive à quelqu'un qu'elle avait prié de faire du feu. Madame, reprit-il, pourquoi me donnez-vous un *sobriquet*? (un sot briquet).

Charles X demandait à M. de Polignac si le *maire d'Eu* (le merdeux) n'était pas arrivé à Saint-Cloud en *pot de chambre* (sorte de voiture). — Je n'en sais rien, répondit le ministre. Il faudrait pourtant, ajouta le Roi, que vous le *sussiez* (suciez).

Un plaisant disait que toutes les filles de son village aimaient beaucoup le *chocolat*. — Il avait raison, mais c'était le *chaud Colas*, gros garçon de bonne mine, qui cajolait toutes les villageoises.

Un républicain étant à dîner chez un ami, on servit un *foie* de veau et une *oie*. Parbleu, dit-il, on ne nous accusera pas de n'avoir *ni foi ni loi* (ni foie, ni l'oie).

On vantait les charmes d'une très-bélle femme ; quelqu'un se mit à dire qu'elle n'était pas *si belle*. Là-dessus, grande altercation. Pour faire sa paix, le critique fut obligé de dire qu'elle pouvait bien être une *Vénus*, mais qu'elle n'était pas *Cybèle* (si belle).

Deux jeunes gens se battaient la nuit au bois de Boulogne et ferraillaient depuis long-temps. L'un d'eux dit à l'autre : Si vous voulez que je me fasse *jour*, prêtez-moi le *flambeau* (le flanc beau).

Un épicier avait pris pour enseigne un Saint-Michel habillé en vert, avec ces mots : *Au Vermichel* (au vert Michel.)

On proposait à un calembouriste de jouer à la *bouillotte*. Non, en vérité, dit-il, on ne voit à ce jeu-là que des gens *convexes* (qu'on vexe) et des lois *concaves* (qu'on cave.)

On avait cédé à un curieux des vases de

porcelaine ; un étourdi se disposait à les manier. N'y touchez pas, lui dit-on, ce sont des *possédés* (des pots cédés.)

Un *camus* annonçait à ses amis que sa femme venait d'accoucher. Tant mieux, lui dirent-ils, tu auras un *nouveau nez* (un nouveau-né).

Vous avez passé *l'hiver* à Paris, disait-on à un faiseur de calembours, qu'avez-vous vu de remarquable? — En traversant les Tuileries, répondit il, j'ai trouvé les bassins *pris* et les arbres *en allés* (en allées.)

Un officier de marine faisait le récit d'une tempête qu'il avait essuyée. Enfin, dit-il, nous *jetâmes l'ancre*, et nous donnâmes de nos nouvelles. — Vous aviez donc perdu la tête, reprit quelqu'un, puisque voulant donner de vos nouvelles, vous commenciez par *jeter l'encre ?* (l'ancre).

Un calembouriste demandait à un médecin si l'on pouvait purger un malade avec des *pierres?* Le docteur répondit que non. — La chose est cependant possible.— Comment donc? — En lui donnant des *rocam-boles* (des rocs en bols.)

On dénonça, en 1790, les Carmes de la place Maubert, comme ayant, dans leur couvent, cinq *canons* et vingt-cinq *armes*. Après une exacte perquisition, l'on ne trouva que vingt-cinq *Carmes* et cinq *ânons*.

Un plaisant voulant critiquer la fécondité d'une courtisane célèbre, fit faire un tableau qui la représentait tricotant à la lueur d'une lampe, avec cette inscription :
A la faiseuse de bas tard (de bâtards).

Un jeune homme était sur le point d'épouser une fille d'une rare beauté. Vous êtes *un malheureux* (mâle heureux), lui dit-on, vous prenez une femme dont vous serez bientôt *épouvanté* (époux vanté).

Le jour de la première fédération, l'abbé Delille se promenait aux Champs-Elysées avec plusieurs femmes; il faisait très-chaud, et tous les limonadiers étaient au Champ-de-Mars. Une dame se mit à dire : Ah ! si quelque bonne *fée* pouvait nous envoyer des rafraîchissements ! — Madame, dit l'abbé, a !ressez-vous à la *fée des Rations* (à la fédération).

On parlait de *métempsycose;* quelqu'un dit que tous les jours on voyait des métamorphoses, et qu'il était très-facile de faire *avec un notaire un chien* (avec un os taire un chien).

Un fournisseur envoyait plusieurs caisses de chapeaux aux armées. — Qu'est-ce que cela ? demanda-t-on. Ce sont des *coiffures* qui vont *au bal*, répondit un plaisant (aux balles).

Un plaideur contait des fariboles à son avoué, qui lui dit avec impatience : Taisez-vous donc ; vous me *sciez le dos*. — Eh bin ! reprit le plaideur, ce sera un *dossier* de plus ici (un dos scié).

Un plaideur, voulant exprimer que les avocats vendaient leurs paroles bien cher, citait ce passage : *Verbum caro factum est;* qu'il traduisait ainsi. Le *verbe* s'est fait *cher* (chair).

Permettez-moi de vous faire ma *conr* , disait un fat à Bourgoin. — Monsieur , repartit un connaisseur , tout ce qui est *court* déplaît à madame.

À l'époque où l'on supprima les noms de *saints* , quelqu'un ayant affaire dans la rue Sainte - Barbe , demandait partout la *rue Barbe* (rhubarbe), et chacun l'envoyait chez l'*apothicaire*.

On racontait que les prisonniers de Bicêtre s'étaient révoltés. S'ils se sont battus en secouant leurs *chénes* (chaînes), dit un plaisant, le combat n'a pas été *sans glands* (sanglant).

Le général Bugeaud revenant d'Alger dit: Enfin, j'ai *vaincu* ! (20 Q !) — Tant mieux pour votre *tailleur*, repartit son valet-de-chambre, il vous fera plus de culottes.

Une dame disait qu'il n'y avait pas de *fêtes sans lendemain.* Vous vous trompez lui répliqua-t-on, le *faîte* d'une maison et le *faîte* de la gloire sont des *faîtes* sans lendemain

Quelqu'un disait que la beauté regulière n'était pas belle en *toussant* (tous sens). En vérité, lui répliqua-t-on, voilà un beau mérite, de dire des choses qu'on ne devinerait pas en *sentant* (cent ans).

On lisait un jour cet avis dans les petites affiches. « Une jeune veuve, sur le point de sevrer une fille de six mois voudrait *avoir* un autre enfant. »

Quand on a un violent mal de gorge, que faut-il pour ne plus l'avoir? — Il faut avoir un *coussin* (cou sain).

Un chasseur de profession ayant eu, à la fin d'un repas, et sans prendre le temps de quitter sa place, le malheur *d'expulser,* comme aurait dit Molière, *le superflu* des aliments : « On devrait, murmura tout bas un des convives, lui accorder le titre de grand-veneur : il y a tant de vocation, qu'à table même il chasse *le renard.* »

Un des amis d'Odry le surprit au lit à midi. Comment, lui dit-il, tu n'es pas encore levé? — Le tour est plaisant, repartit le comédien, je ne m'attendais pas à des reproches pour avoir été *trop poli* (trop au lit).

Lorsqu'on va se promener dans les champs, à l'époque de la moisson, on y voit une quantité innombrable *d'épiciers* (d'épis sciés), dont plus de moitié sont *en bottes.*

En quel temps faut-il jouer pour être heureux au jeu ? — Quand on est enrhumé, parce qu'on a toujours de *l'atout* (de la toux).

n farceur priait un jour une dame d'accepter une paire de gants *glacés*; c'est tout ce que j'ai trouvé de plus *frais*, lui dit-il.

Un propriétaire disait, en parlant de son jardin qu'il venait de mettre en potager : J'en ai quelque regret; car ces légumes et ces *salades* ne disent pas grand chose. — Bon, reprit un plaisant, c'est que vous ne faites pas attention aux *réponses* (raiponces).

On assurait devant Odry, que l'auteur d'un drame très-ennuyeux était un juif. Je ne le croirai jamais, dit-il, car il a fait sa pièce sans *intérêt.*

Que faut-il faire pour changer l'ordre des saisons?— Il faut donner des thés l'hiver, parce qu'alors on fait de l'hiver la saison *d'été*, (des thés). Mais si l'on continue, cela devient *détestable* (des thés stables).

Pothier est mort. — Vraiment! — Rien n'est plus sûr, car on va l'enterrer. Ainsi c'est encore un potier d'étain (*d'éteint*). — C'est juste, mais pour cela on n'en verra pas moins de cruches à la scène (*Seine*).

Dites-moi quelle est la *plaine* la plus haute. —C'est la *pleine lune*.—Et la *plante* sur laquelle on marche toujours? — C'est la plante des pieds.

Un jeune parisien, qui suivait l'armée de Rhin et Moselle, écrivit à l'un de ses amis la lettre suivante :

Département du Bas-Rhin,
 ce...

Mon cher ami, tu me demandes des nouvelles. Je te dirai que tous les ennemis ont enfin *évacué*, non sans avoir beaucoup *souf-*

fert, et après cinq jours de *tranchées*; mais pendant la guerre, le bourgeois n'est pas aussi heureux que le militaire; c'est ce qui fait que tout le monde est très-*resserré*. Pour moi, je ne *fais* plus rien du tout, tu vois combien c'est *dur*. Ce qui me donne d'autant plus d'inquiétude, que j'ai vendu jusqu'à ma *garde-robe*. Tous mes amis m'ont conseillé d'*aller* à Paris, en me disant qu'on y trouve beaucoup de *commodités* dans tous les genres, et qu'en se *remuant* un peu, on finit toujours par *faire quelque chose*. Je vois bien que je serai forcé d'en venir là. J'attends la *foire* avec impatience; si elle est bonne, c'est le seul *cas* qui puisse me tirer d'embarras; autrement, je te prierai de m'arrêter un *cabinet* qui soit *propre et commode pour mon état*, et comme je ne peux pas me donner toutes mes *aisances*, je me contenterai d'être *sur le derrière*. J'ai bien peu d'argent, mais je tâcherai d'avoir du *papier*, qui me sera très-utile dans *mes pressans besoins*. Je t'en dirai *plus long* quand je serai sur les *lieux*: tu verras quelle est ma *position*, et tu *sentiras* que pour en sortir, je fis tant *d'efforts que je pus*. Pour toi, ne te *relâche* point, écris-moi toujours. Tu me dis que tu te portes mieux, qu'en revenant d'Italie, *l'air du Pô* t'a fait grand bien, enfin que tu es *soulagé*; j'en suis charmé. Si j'avais eu *bon nez*, je serais parti avec toi; j'avais alors de la *facilité*, et je serais *allé* tout comme un autre, au lieu qu'à présent je ne suis plus *libre*. J'ai eu pourtant un instant d'espoir, car il m'est venu *quelque vents des préliminaires de paix*; mais cela n'a pas eu de *suite*. Cependant, pour avoir *trop été* dans le malheur, je n'ai pas oublié ce que je te dois. Et tu peux compter qu'à Paris, si je viens à *percer*, le peu que *je ferai après mes nécessités* sera pour toi. Je te prie de ne rien *éventer* de tout ceci. Je partirai vers le milieu de *la courante*, c'est-à-dire, sur la fin de *ventose*. Si d'ici à cette époque mes moyens ne me permettent pas de faire raccommoder *ma chaise percée* et *gâtée* depuis quelque temps, je prendrai *un bidet* jusqu'à Versailles, où je veux passer pour examiner la forme de *quelques bassins*, et là, je pourrai me mettre plus *à mon aise*, en prenant *le pot de chambre* jusqu'à Paris.

Je suis avec la plus *étroite amitié* et le plus *entier dévouement*, etc.

Comment faut-il faire pour ne pas se crotter dans les rues de Paris? — Il faut acheter un paracrotte. — Ce n'est pas cela. Pour ne pas se crotter dans les rues de Paris, il ne faut jamais aller jusqu'*au bout* (aux boues).

On annonçait à Odry la mort de Pothier. Il répondit sèchement : C'est une *fausse nouvelle*. — Mais cela n'est que trop vrai, ajouta-t-on. — Hé bien, reprit-il, vous voyez que j'avais raison de dire que c'était une fosse nouvelle.

Un plaisant qui était dans une diligence, dit à sa voisine qui s'ennuyait : Si vous voulez, pour nous distraire, nous allons *jouer au dessus de la voiture.* — Fi donc ! pour qui me prenez-vous? répliqua-t-elle. — Ne vous fâchez pas, Madame, reprit le voyageur, je vous propose de jouer à *l'impériale.* Le dessus de la voiture ou l'impériale, n'est-ce pas la même chose?

Deux marmitons se battaient en pleine rue, et avaient amassé beaucoup de monde autour d'eux. Quelqu'un s'informant d'où provenait ce tintamarre : C'est pour une *batterie de cuisine*, dit un plaisant.

Que faut-il pour empêcher la chaudière d'un bateau à vapeurde faire explosion ? — Un cardinal. — Et pourquoi pas un évêque? — Parce que les cardinaux sont des soupapes, (sous-papes).

Un homme, qui par l'appât d'une grosse dot, se résout à épouser une femme enceinte, fait un *marché d'enfant*.

Une jeune personne était mariee contre son gré; elle prononça le *oui* fatal avec froideur. Ah! dit quelqu'un, je plains le mari, il n'a qu'un *serment* de bouche. — Plaignez plutôt l'épousée, repartit un des assistans, car elle a un *serrement* de cœur.

L'archevêque de Paris, M. de Quélen, dînant au château, *péta* par mégarde. Un de ses voisins lui dit tout bas : Monseigneur, vous voudriez bien que ce fût un *vent cardinal.* Malheureusement, la chose ayant fait du *bruit*, le voisin dit alors aux rieurs: On

croit que lâcher un *pet* en compagnie est
très-*mal*, mais c'est un *malentendu*, car on
doit *sentir* que celui auquel il échappe ne le
fait pas de sa *tête*, et que ce n'est pas sans
fondement qu'il en agit ainsi.

Ma santé est bien altérée, disait un vieux
libertin. — Eh bien, lui fut-il répliqué, que
ne la faites-vous *boire*?

Quels sont les gens les plus malheureux?
—Les faiseurs d'allumettes.—Et pourquoi?
—C'est qu'ils *souffrent* pour tout le monde.
A la vérité, les pâtissiers pâtissent; mais les
bateliers les passent.

Un élégant qu'une dame complimentait
sur la blancheur de ses mains, lui dit : Je
m'en étonne moi-même; car je n'en ai pas
pris grand soin dans ma jeunesse : je me les
suis peut-être lavées deux fois au collége, et
je ne me suis jamais servi d'eau *depuis* (de
puits).

Un plaisant dit en voyant deux hommes
qui portaient un *lustre* : Ah! voilà *cinq ans*
bientôt passés.

Quand vous voyez passer un enterrement,
arrêtez vos chevaux de peur qu'ils ne pren-
nent le mors aux dents , (*le mort*).

Savez-vous pourquoi les melons sont pâles
quand ils sont mûrs? — C'est parce qu'ils
relèvent de couche.

De quels gants faut-il se servir pour n'avoir
pas à redouter la vermine? — De longs gants
gris (*l'onguent gris*).

Un gros homme s'étant arrêté sur le bord
d'un fossé, dit : je le sauterais bien , mais
je pourrais tomber de dans. — Ah ! Monsieur repartit une personne qui était avec
lui, il serait *comblé* de vous recevoir.

Voyez , disait un facétieux , ce monsieur
dont le nez est si gros qu'il lui cache la figure ; on ne dira pas qu'en créant un tel
personnage, la nature n'ait pas fait un *effort*
(*nez fort*).

Après la révolution de juillet, le commissaire de police du faubourg Saint-Antoine

se présenta avec quelques gardes nationaux, pour faire perquisition chez les sœurs du Sacré Cœur qui avaient, disait-on, des armes cachées dans leur couvent; la supérieure lui déclara qu'elle n'avait pas le pouvoir de le laisser entrer dans la communauté. Madame, lui dit le commissaire, oserai-je vous demander quelles peuvent être les raisons de votre refus? — Monsieur, les statuts de l'ordre s'opposent... — Mais, madame, l'autorité a ses droits. — Monsieur, nous avons nos règles... — Cela étant, madame, nous reviendrons dans trois ou quatre jours.

Pendant un dîner, comme on arrivait au dessert, la dame de la maison demanda à l'un des convives s'il voulait des *fitures.* — Grand merci, madame, répondit celui-ci, vous en avez ôté le meilleur.

Un jeune homme criblé de dettes, mais qui passait pour être à son aise, allait épouser une fille qui lui apportait une riche dot. La veille du mariage, il se rendit chez la future belle-mère, et se promena longtemps en long et en large sans souffler le mot, en affectant un air chagrin. La dame, surprise, lui demanda plusieurs fois ce qu'il avait : *Je n'ai rien*, répondait-il toujours. Quelques jours après le mariage, la belle-mère fut obsédée par des créanciers : Ah ! monsieur, dit-elle à son gendre, vous m'avez trompée. — Du tout, madame, lui répliqua-t-il, vingt-quatre heures avant d'épouser votre fille, je vous ai répété dix fois *que je n'avais rien*.

On disait à un ivrogne que, s'il continuait encore à boire, il serait bientôt réduit à la mendicité. Au contraire, reprit-il, chaque fois que je suis ivre, je suis vingt fois plus riche qu'auparavant ; car personne n'ignore que les *sols* (les souls) sont *francs*.

Quelqu'un qui venait de se marier, disait qu'il était *mari*, et bien *marri* de l'être.

Une femme qui avait déjà eu douze enfans venait d'accoucher. Un plaisant dit au mari : Oh ! je réponds qu'à présent vous devez être *à vos treize* (à votre aise).

On disait à un autre : Quand les prêtres

disent la messe , *qu'est-ce qu'ils font?* —
C'est la bougie, reprit le dernier (qui fond).

Un père qui avait quelque sujet de mé-
contentement contre son fils, courait après
lui un bâton à la main. Le fils n'eut rien de
plus pressé que de prendre la porte, et d'enfiler l'escalier; puis il lui dit, après avoir
descendu quelques marches : « Monsieur,
n'allez pas plus loin ; songez que , passé le
quatrième degré , il n'y a plus de parenté.»

Voici une histoire entière:
L, n, n, e, o, p, y, l, i, a, t, t, l, i, a, v,
c, l, i, a, p, t, r, o, t, l, i, a, v, q, l, i, a, m, e,
l, i, e, d, c, d.
Hélène est née au pays grec, elle y a tété,
elle y a vessé , elle y a pété et rôté, elle y
a vécu , elle y a aimé, elle y est décédée.

Un rimailleur s'était mis dans la tête de
faire une tragédie dont chaque syllabe serait
immédiatement répétée; en voici le premier vers.

Sourd *sournois*, *noie*-toi *toimême*.

Un plaisant entrant un jour de fête dans une église, et n'y voyant que dix femmes éloignées les unes des autres, s'écria : Ah ! mon Dieu ! il n'y a que dix femmes ici , et elles sont toutes *dispersées* (dix percées).

Un amant disait à sa maîtresse : depuis la lettre que vous m'avez écrite, vous êtres gravée au fond de mon cœur. — Je m'y croyais *gravée avant la lettre*, lui repliquat-elle.

Voulez-vous gagner cinquante pour cent ? — Mettez un *franc* dans de l'eau-forte , laissez-l'y quelque temps , et vous aurez un franc *dix sous* (dissous).

On dit que les journalistes doivent craindre l'automne , parce que c'est dans cette saison que les *feuilles* tombent.

Quelqu'un disait à un peintre : Pour combien me *peignez-vous* ? — Pour 58 louis , monsieur. — Monsieur, lui répartit le premier, je ne puis faire ce marché avec vous, mon perruquier me le passe à 6 fr. par mois.

Un homme qui ne brillait pas par la propreté disait à sa fille, *en se grattant la tête,* et lui montrant son amant : « Voilà l'*époux* (les poux) que je vous destine.»

Une femme très maigre se promenait entre deux jeunes gens auxquels elle donnait le bras ; quelqu'un dit: Voilà une femme qui ressemble à une *côte entre deux plats.*

Une femme fort laide s'étant évanouie, un homme un peu trop franc, qui en fut témoin, s'écria : *Elle se trouve mal, c'est qu'elle se connaît.*

Un homme qu'une vision avait effrayé disait qu'il avait vu le diable. Quel forme a-t-il, lui demanda un de ses amis? — Celle d'un âne.— Ah, je vois bien *que tu as peur de ton ombre.*

Une femme reprochait à un homme de se vanter de ses bonnes graces. Je m'en accuse, reprit-il.

DIALOGUE.

Tu sais bien la voisine? — Oui. — Elle

resta avec moi hier toute la soirée; elle parla, elle chanta, ensuite je la reconduis*a* chez elle. — Avec un *i*.— Non, avec un bout de chandelle.

Une demoiselle sur qui on avait fait courir des bruits assez fondés, disait en pleurant à quelqu'un de sa connaissance : « Regardez, monsieur, suis-je assez malheureuse! on publie dans le monde que j'ai eu quatre enfants.— Laissez-les jaser, reprit son confident; pour moi, je ne crois jamais que la moitié de ce qu'on me dit. »

Une vieille fille étant sur le point de se marier, le notaire lui lut le contrat. Tout était à son gré; mais à la fin, lorsque le notaire lisait ses noms, dit : « la dite demoiselle une telle *et cœtera* ». La future crut qu'on avait fait entrer dans les clauses, *elle se taira*, et dès ce moment elle ne voulut plus d'époux.

Dans une tragédie, un des personnages voulant distraire son épouse du projet de se donner la mort, lui disait :

Vis pour toi, *vis* pour nous, *vis* pour nos chers enfants.

Un des spectateurs voyant sangloter une femme dans une loge s'écria : Ne pleurez pas, madame, il y en aura pour tout le monde.

Une mère disait à son fils : Pourquoi rentrez-vous si tard, monsieur? à dix heures du soir! Y a-t-il du sens commun? pour éveiller votre père, n'est-ce pas? pour l'empêcher de rien faire, ni pendant la nuit, ni pendant **le** jour. —Mais, ma mère, je reviens du spectacle.—Du spectacle! on y va le matin, monsieur.

Une jeune fille fort simple disait qu'elle avait vu bien souvent des andouilles cuites, mais qu'elle n'en avait jamais vu de vivantes.

Une autre disait qu'elle ne savait pas où l'on pêchait les matelottes.

Le pavé est bien fier, disait-on à une poissarde qui s'était laissé choir. — Je ne sais, répliqua-t-elle. *s'il est fier, mais je ne le crois pas, car voilà déjà trois fois aujourd'hui qu'il me baise le cul.*

On disait à un ignorant qui se trouvait

dans la misère, d'apprendre quelque chose qui pût le tirer d'embarras, ou enfin de se plier aux circonstances. Non, reprit-il, à mon âge, je n'apprendrai pas *à baisser*... — Vous l'entendez, interrompit un auditeur, monsieur ne veut pas apprendre A B. C.

Rien de si malhonnête que le portier d'un avoué, disait Brunet; figurez-vous qu'il vous dit un jour : allez à *l'étude*, cela est d'autant plus humiliant pour moi que j'ai fait trois classes, et même obtenu un prix.— Où cela? lui demanda-t-on. — Eh! parbleu, où on les donne, dans la *saloperie* (la salle aux prix).

Une enrichie, qui connaissait sa langue comme son mari la probité, avait entendu dire *se dépouiller de ses habits*. Un jour qu'elle devait assister à un bal brillant, elle s'y présenta avec une parure nouvelle et du dernier goût. La maîtresse de la maison la complimenta sur son élégance. *Y a gros*, reprit-elle, persuadée de la justesse de son expression, *je n'ai jamais été aussi bien* pouillée *qu'aujourd'hui*.

Une autre disait, en parlant à une femme

dont la petite chienne donnait un libre cours à un léger besoin : — Ma chère amie, prenez garde à votre robe , votre petite *carline* *fuit*.

Quels sont les hommes sans lesquels les tribunaux deviendraient inutiles?— Ce sont les ingénieurs et les architectes , parce que, sans eux il n'y aurait point de *forfaits* (fort fait).

On disait à un niais qui avait de gros boufons à son habit : Vous avez des *boutons* sur tout le corps , et le *gille est dessous* ¡e gilet dessous).

Le maréchal de Richelieu avait parié se taire écouter d'une vieille dévote. Après bien des soins, il était près d'en triompher, lorsqu'elle lui dit : Voyez comme je suis faible! *Je me damne*, pour vous. Et moi, dit le maréchal, en prenant la porte, *je me sauve.*

On demanda à un étranger quel était son état. — *Je vends des* épicier, *je vends des* ¿ures de thé au logis.

Quel est l'homme le plus à plaindre? — C'est un ancien décroteur, parce qu'il a beaucoup essuyé de revers (revers de bottes).

Bièvre disait qu'il n'était pas étonnant que les Athéniens se conservassent plus long-temps que nous, puisqu'ils vivaient dans *la graisse* (dans la Grèce).

Lorsque des fous sortent de Bicêtre et qu'ils ont recouvré leur raison, qu'est-ce qu'ils sont? — Guéris. — Non, ce sont des fourmis (fous remis).

Un jeune dissipateur, pour se procurer du crédit, allait disant partout : *Je vis de mes rentes.* Quelque temps après il se trouva qu'il ne payait personne; et l'on apprit qu'il ne lui restait plus rien. — Eh ne vous a-t-il pas assez répété , observa-t-on à ses créanciers, qu'il *vidait* ses rentes.

Quelle est la chose que l'on commence par la *fin*? — C'est un bon repas (la faim uc

Un voyageur ayant dîné dans une auberge

proposa de payer son hôte avec des chansons. Ce dernier voulait de l'argent et non des couplets. — Mais si j'en chante un qui vous plaise, lui dit le voyageur, le prendrez-vous pour argent comptant? — Très volontiers, reprit le cabaretier, bien décidé à n'en trouver aucun de son goût. Le voyageur, en effet, en chanta plusieurs qui ne lui plurent point; enfin, il mit la main à la bourse, et dit : Cette fois je vais en chanter un qui vous fera plaisir. Il entonna un couplet qui commençait ainsi : *Mettez la main à la bourse et payez l'hôte.* Celui-là vous plaît-il? — Oui, répliqua l'aubergiste. — Vous voilà donc payé, dit le voyageur, et il s'en alla.

Où faut-il aller pour voir beaucoup de saintes femmes? — Au bureau des nourrices, parce que là il y a beaucoup de sainteté (seins tétés).

Quelles sont les *deux plus grandes consonnes*? — La grosse cloche de Moscou et celle de George d'Amboise à Rouen sont les deux plus grandes *qu'on sonne.*

Quel est l'instrument que les sourds aiment le mieux ?—Le violon, et voici comme: quand on joue avec les *sourds dinent* (les sourdines).

Boit-on du vin en paradis ? — Certainement on en boit, puisque c'est là qu'il y a le plus de vendanges (vents d'ange).

Un médecin, grand joueur de billard, ayant vu, dans un même jour, deux de ses malades ravis à ses soins, un plaisant, appela ce double décès, un *carambolage* du docteur.

Un riche banquier envoya à Odry une lettre d'invitation fort polie pour un dîner qu'il donnait à sa maison de campagne. Elle se terminait ainsi : « Je me charge des vins et de la bonne chère; vous apporterez *le sel.*— Pas trop mal pour un financier, pensa Odry. La compagnie sera nombreuse? continua-t-il à haute voix en s'adressant au porteur de la lettre —On ne peut plus *conséquente*, Monsieur : un préfet, 2 maires, 3 auditeurs, 4 agents-de-change, 5 à 6 négociants en gros et les épouses *de ceux qui en ont.* — Dites à votre maître que je m'y rendrai; mais que je ne promets pas de fournir à moi seul, assez de *sel* pour donner du *goût* à tous *ses* plats (ces).

Un voyageur ayant un jour à toucher une lettre-de-change , prit des informations sur la personne et la solvabilité de celui qui devait la payer. « C'est, lui dit-on, un des plus riches négociants de la capitale, et s'il n'avait pas le malheur d'être aveugle... — *Aveugle* ! je suis flambé, la diable de lettre-de-change est *à vue.*

Un borgne voulait entamer un procès contre un de ses voisins, on lui conseilla de consulter un avocat également privé d'un œil , sous prétexte que pour voir clair dans une affaire *deux yeux valent mieux qu'un.*

Brunet s'étonnait que la famille QUINT *qui n'a,* dit-il, pas moins de deux à trois mille ans d'existence, ne compte que trois personnages fameux, savoir : *Quint*-Curce, son *auteur ;* l'empereur Charles - *Quint* , et son *petit neveu* le pape Sixte- *Quint.* «Il est vrai , ajoutait-il , que l'orthographe n'étant pas obligatoire dans les noms, on pourrait, à la rigueur, ajouter *Lekain* et *Arlequin*, évidemment d'une branche cadette. »

Invité à un bal dans lequel les danseuses les plus jeunes approchaient de la quarantaine, un faiseur de calembours trouva la salle trop *éclairée*, et dit que quelques *lustres* de moins ne messiéraient pas à ces dames.

Pendant un bal qui se donnait dans une salle de spectacle, les lustres, au lieu de descendre pour éclairer la salle, restèrent accrochés dans le cintre. « C'est ici comme ailleurs, dit un rédacteur du National : les *machines* refusent de contribuer aux progrès des *lumières*. »

Un homme se vantait de n'avoir fait qu'une méchanceté dans sa vie : « *Quand finira-t-elle ?* demanda un plaisant. »

Un tailleur avait fait peindre au-dessus de sa porte une paire de ciseaux, armés de deux ailes déployées, et fait écrire au bas : *aux Ciseaux* VOLANS. « Voilà, dit un passant, ce que l'on peut appeler une enseigne *parlante.* »

Vers et combinaisons burlesques.

« Ciel ! si ceci se sait, ses soins sont sans succès. »
« Ton tuteur te tentait, tu tentais ton tuteur.
« Tes traits trop tentatifs tentaient ton tentateur.»
Quand un cordier cordant, pour accorder sa corde,
Pour sa corde accorder, trois cordons il accorde;
Mais si l'un des cordons de la corde décorde,
Le cordier décordant fait décorder la corde.

Une dame, fort sujette aux distractions, voyant une jeune femme qui venait de perdre son mari, lui dit : Vous avez perdu votre mari, madame; hélas ! que je vous plains! Ensuite, rêvant à autre chose, elle lui dit ; Madame, n'aviez-vous que celui-là?

Un jeune homme triompha des rigueurs de son amante. Une fois n'était pas assez pour un gaillard amoureux et robuste; mais la belle (peut-être parce que son amant s'y était pris un peu trop brusquement), ne voulait pas le céder une deuxième fois à ses désirs. Le jeune homme l'appela cruelle. — Ah! le monstre, s'écria-t-elle en pleurant, c'est lui qui m'a enfoncé le poignard, et il m'appelle cruelle !

On demandait à un plaisant à quoi servent les *ballons;* il répondit, à chausser les grandes jambes (les bas longs).

Une femme à vapeurs se plaignait de plusieurs maux. Bah! ce n'est rien, lui répondit-on. Tous ces *maux* là sont des *mots pour rire.*

Quelqu'un disait que le roi qui dormait beaucoup était le roi *Théo dort* (Théodore)!

On poursuivit *un voleur* qui fuyait à toutes jambes, et allait être arrêté, au moment qu'il se jeta entre un *fournisseur* et un homme connu pour faire des affaires à la Bourse. Au voleur! au voleur! arrêtez le voleur, criait-on de toutes parts!—Lequel des trois? dit un passant.

Commnet, disait un père à son fils, je vous dis de descendre depuis une heure, et je ne vous trouve pas encore *en bas* ! — Ce n'est pas étonnant, mon père, lui répondit le fils, puisque je suis *en bottes.*

Un homme qui avait la réputation d'être fort bête, ayant annoncé qu'il allait faire un voyage en Amérique, on lui répondit: Vous faites *un fier sot* (un fier saut).

M. Double-Sens fait toujours bâtir ses

maisons par les couvreurs les plus gais, afin que la joie soit au *comble*.

Il dit aussi qu'on n'a jamais froid dans celles qu'il fait construire, parce qu'il les a toutes bâties à *chaux* (à chaud).

L'abbé Chatel, prêchant, perdit la mémoire; un plaisant s'écria : Qu'on ferme les portes, il n'y a que d'honnêtes gens ici, il faut que la parole de M. l'abbé se retrouve.

Un homme ayant acheté un cheval, s'aperçut qu'il était *boiteux*, et voulut forcer le vendeur à le reprendre; mais celui-ci s'en défendit, parce qu'il l'avait averti de ce défaut, en disant : *Il boit et mange bien* (il boite et mange bien).

Un médecin ayant été voir un malade qui avait la fièvre quarte, donna au domestique de ce dernier, une ordonnance de *ptisanne au chardon*, que l'on donnerait au malade pendant quelques jours. Le domestique alla trouver un maquignon, et lui acheta une douzaine de *petits ânes aux chardons*, qu'il présenta à son maître.

Un plaisant parlait d'affaires avec quelqu'un de sa connaissance. Comme ils étaient d'avis contraire, ils ne pouvaient pas s'accorder. Sur ces entrefaites, ils entendirent crier dans la rue : *marchand d'oies, qu'estce qui veut des oies?* Attendez, dit le premier, nous allons consulter; justement voici l'homme *de loi*.

Un maître menaçait son domestique de le chasser *sans rappel*, à la première gaucherie qu'il ferait. Et tant mieux, répondit le domestique, *cela ne fera pas de bruit dans le quartier*.

Quelqu'un qui se vantait d'avoir fait plus d'un calembour *en vers*, une personne qui ne les aimait pas, ajouta, *et contre tous*.

La réputation que M. de Bièvre s'était acquise dans les calembours, était telle qu'un jour, dînant avec une personne de sa connaissance, et lui disant : *Faites-moi le plaisir de me donner des épinards*, cette personne, après avoir cherché longtemps le double sens de cette demande, finit par dire : *Ma foi pour celui-là je ne le comprends pas*.

On demandait à une dame si elle voulait prendre une goutte *d'eau-de-vie*. — Merci, répondit-elle, je ne l'aime pas *sans le thé*.

Une jeune et jolie fille demandait de la tière à un garçon de café Celui-ci lui rébondit : Je n'en ai pas, Mademoiselle; mais si vous voulez *que je vous embrasse*, *que je vous en brasse*).

« Hier soir, disait-on devant lui un jour, il n'y a pas un *chat* dans les loges, à l'Odéon.—Je le crois, parbleu, bien, reprit-il : avant-hier, pendant que j'y étais, un cri général s'est élevé dans le parterre : *Chapeau bas ! chapeau bas !* Comment voulez-vous que le lendemain les *chats* y allassent risquer leur *peau* (chats, peau bas !)? »

Un avocat qui ne plaidait pas, n'avai laissé en mourant que peu de hardes et de mobilier. Cela ne m'étonne pas, dit un plaisant, on ne voit guères *d'effets sans cause* (d'effets, sans causes).

Parmi les personnes que ramenerent en France les évènemens de 1814, on remarquait, en seconde ligne, le vicomte...., et le marquis de....., tous deux extrêmement *contrefaits*. « Eh bien! disaient les Parisiens, en les voyant passer pour se rendre à Notre-Dame le jour de *Te Deum*, croyez-vous que l'on avait tant de tort en nous menaçant du retour des abus *féodaux* (faits au dos)? »

Deux futurs époux attendaient à la municipalité la sanction de leur union, lorsqu'on vint annoncer que M. le maire était forcé de se faire remplacer pour la cérémonie, alors le marié parut très mécontent : « Il y a bien de quoi! dit un des témoins ; n'est-il pas cruel d'avoir un *adjoint*, même avant la noce ? »

J'ai vu, disait Brunet, un enfant de six ans qui avait déjà de la *postérité*. (Il s'agissait du jeune fils d'un *maître de poste* qui, venant de perdre son père, était de plein droit, son *successeur*).

Il prétendait qu'une femme qui porte des manches à *gigots* devrait être douce comme un *mouton*.

Le port au Blé, le port Saint-Paul etautres sont gardés le soir par des sentinelles qui empêchent de les aborder : « Il serait plus simple, observait-on , de les border de parapets, comme le port Saint-Nicolas , par exemple. — Bon ! répondit un plaisant en fermant tous les *ports* (pores) on risquerait d'arrêter la *transpiration*. »

Un faïencier , envoyant son garçon porter un panier de vaisselle chez une pratique qui n'aimait pas le bruit, lui recommandait d'ôter ses sabots, et surtout de ne point faire d'*éclat* (éclats), parce que d'ailleurs le bourgeois ne voudrait peut-être pas payer les *pots cassés.*

Un maquignon vendant un cheval, disait: Faites-le voir, je le garantis sans défaut. Ce cheval s'étant trouvé aveugle, l'acheteur voulut obliger le vendeur à le reprendre ; mais celui-ci soutint qu'on ne pouvait l'y contraindre, puisqu'il l'avait prévenu de son aveuglement en lui disant: faites-le voir.

Un jeune homme placé au spectacle derrière une vieille coquette, examinait sa gorge. Elle s'en aperçut, et lui dit : Que

faites-vous donc là ? — madame, répondit-
il, je regarde ce qui se *passe*.

Mademoiselle Vestris , dont les goûts divers étaient bien connus, se récriait sur la
fécondité de sa camarade Rey, et ne conce-
vait pas comment cette fille se laissait prendre si facilement. Vous en parlez bien à votre
aise, reprit mademoiselle Arnould , souris
qui n'a qu'un trou est bientôt prise.

Pourquoi riez-vous quand je passe ? disait
un passant à un rieur. — Pourquoi passez-
vous quand je ris ? répondit celui-ci.

Gilles priait Arlequin de lui donner des
détails sur la mort de son père. Ne m'en
parlez pas , dit-il, le pauvre homme mourut
de chagrin de se voir pendre.

Scaramouche rencontrant Arlequin qui
avait une grosse pierre sous le bras , lui
demanda ce qu'il en voulait faire? Rien ,
dit-il, c'est seulement un échantillon d'une
maison que je veux vendre.

Le comédien Poisson étant à l'article de
la mort, dit au prêtre qui lui apportait les

derniers sacrements:Remportez votre huile, je suis frit.

On parlait devant Bièvre, d'un homme qui avait la voix si flexible, qu'il en faisait tout ce qu'il voulait. Ah! je suis bien sûr, dit-il, qu'il ne vaut pas mon pâtissier qui fait jusqu'à des biscuits de sa voix (de Savoie).

Une courtisane, appuyée sur son balcon, tâchait d'attirer un jeune homme qui passait dans la rue. Tu as beau me faire cygne (signe), lui dit-il, tu ne seras pas ma Léda.

La sœur du pape Sixte-Quint avait autrefois fait la lessive. Le lendemain de l'exaltation de ce pape, on vit la statue de Pasquin avec une chemise sale. Marforio, son interlocuteur, lui en demanda la raison. C'est que ma blanchisseuse, répondit-il, est devenue princesse.

Guillet–Gorjus disait à Turlupin : Tu m'as fait la mine. — Non, répondit-il, car si je te l'avais faite, tu l'aurais meilleure.

Un ouvrier s'était blessé à la main, et demandait à son voisin s'il en serait estro-

pié. Console-toi lui dit-il, tu ne seras qu'es-
tro-main.

Une dame en parlant à Voltaire de son
voyage en Angleterre, lui demandait comment il avait trouvé la *chère* anglaise. Très-
fraîche et très-blanche, répondit-il.

Il en avait de beaux , mon grand-père ,
des couteaux quand il vivait dans une gaîne,
Dieu veuille avoir son ame , pendue à sa
ceinture.

C'est-à-dire :

Quand mon grand-père vivait, Dieu veuille
avoir son ame , il avait de beaux couteaux
dans une gaîne pendue à sa ceinture.

AMPHIGOURI.

Un jour qu'il faisait nuit, je dormais éveillé,
Tout debout dans mon lit sans avoir sommeillé:
Les yeux fermés je vis le tonnerre en silence,
Par des éclairs obscurs annoncer sa présence :
Tout s'enfuit, nul ne bouge, et ce muet fracas,
Me fit voir en dormant que je ne dormais pas.

Le chansonnier *Collé* a mérité le surnom
d'*Amphigouriste* pour s'être distingué dans
ce genre. Voici un échantillon de sa manière.

Air *d'Exaudet.*

Annibal
Dans un bal
Chez Barême,
Disait que pour un écu
Pendant tout le carême.
Asdrubal
A cheval
Sur Plutarque,
Courant ainsi qu'un joquet,
A leur barbe enlevait.
Pétrarque, etc.

Le poète Théophile du XVIe siècle, ayant
trouvé en se mettant à table, une mauvaise
épigramme sous son assiette, y répondit par
cet impromptu :

Cette épigramme est magnifique,
Mais défectueuse en cela,
Que pour la bien mettre en musique,
Il faut dire un *sol la mi la.* (Un sot l'a mis là).

Sur les *Ana.*

L'épais Girod l'autre jour étonna :
Par mille traits son jargon nous surprit.
Cela fut court : bientôt il nous apprit
Qu'avec de la mémoire, au moyen d'un *ana,*
A peu de frais souvent un *âne a* de l'esprit.

Quelqu'un disait, en parlant d'une jeune

fille qui s'était nouvellement mariée, qu'elle venait de faire un *œuf frais* (un nœud frais).

Un homme, en battant sa femme lui cassa un balai sur le dos, et le lui jeta de colère dans les jambes. Un passant lui dit qu'il ne fallait jamais jeter le manche après la *cognée*.

Une femme publique disait en parlant d'un jeune homme : Il a des *torts* envers moi.—Oui, lui répondit-on, car on sait que sur vous chacun a des *droits*.

Un vieillard, d'une humeur atrabilaire, maltraitait souvent ses enfants par des paroles injurieuses; ceux-ci l'appelaient le *Permanent* (père manant).

Une actrice fort maigre ayant débuté sur un théâtre de Paris, un plaisant dit qu'il n'était pas besoin d'aller à Saint-Cloud pour voir jouer les *eaux* (os).

Un homme âgé de   ans disait qu'il n'était pas si vieux qu'on voulait bien le croire, puisqu'il n'avait que *seize ans* (ses ans).

Un curieux qui voulait voir la revue, se faufilait à travers tous les assistants, dans la place du Carrousel; on disait que cet homme n'aimait pas l'imprimerie, puisqu'il *fendait la presse.*

Un jeune homme disait à une femme qui n'avait pas la gorge ferme, qu'elle avait les *mollets sous le menton.*

Un jeune homme ayant reçu des coups de bâton ne savait à quoi en attribuer la cause; son chirurgien, en visitant les meurtrissures, lui dit que c'était *découvert* (des coups verts).

On dit des femmes qui ont le portrait de leur mari pendu à leur cou, qu'elles portent leurs époux à *contre cœur.*

Une femme, en remettant le soin de ses affaires à son mari *digère* (dit : gère).

Un jeune homme qui s'était acquis de la réputation par ses talents dans la musique et la peinture, les negligeait tout à fait depuis quelque temps, pour porter ses hommages au dieu du vin. Comme plusieurs personnes s'intéressaient à lui, elles lui en firent des

reproches. Le jeune homme leur répondit:
qu'ils auraient beau dire et beau faire, qu'il
préferait *Pompée à César* (pomper à ces
arts).

On disait d'un bossu, que quand même il
aurait été le fils d'un roi il n'aurait pas été
dauphin (dos fin.

Une dame de condition, vieille et maigre,
étant venue en robe verte à un bal que donnait Henri IV, il dit qu'il lui était bien
obligé de ce que, pour faire honneur à la
compagnie elle avait employé *le vert et le
sec*.

Jocrisse, en regardant son portrait, dit:
Ce n'est pas l'embarras, je suis ressemblant;
on peut bien dire que ce peintre-là attrape
bien les *souris*.

On disait d'un homme qui se mettait toujours en colère, qu'il ne vous répondait ja-

mais qu'avec un *nerf de bœuf* (un air de bœuf).

Lorsque quelqu'un dit : Je me trompe ; les gens du peuple ajoutent : Un homme qui se *trompe*, et une femme qui *pète*, ça fait *trompette*.

En débouchant une bouteille de bière, il faut prendre des précautions, parce que la moustache (mousse tache).

COUPLET

Ajouté dans le désespoir de Jocrisse.

Air : *J'ons un curé patriote*

Du pain sec et du fromage,
C'est bien peu pour déjeuner.
On me donnera, je gage,
Autre chose à mon dîner ;
Et Didon dîna, dit-on,
Du dos d'un dodu dindon.
Du dos d'un dodu dain
Don, du dos d'un dodu din
Don, du dos d'un dodu dindon.

Une dame avait beaucoup de gorge. Un jour qu'elle entrait chez une de ses amies qu'elle croyait trouver seule, elle fut surprise de la voir en nombreuse compagnie.

Regardez-donc, dit un ae ceux qui élaient présents, comme madame est télonnée (est étonnée).

Un avare ne voulait porter que des souliers carrés, parcequ'il avait entendu dire que, tôt ou tard les souliers usent ronds (useront).

On dit que l'Amérique est mère du physique (la mère Ique, le fils Ique).

On disait d'un homme qui étant venu au monde tout contrefait, se sentait assez bien un **2** ou un **8**, que depuis le jour de sa naissance, il n'avait pas cessé d'être enchifrené (en chiffre né).

Quelqu'un avait une chatte qui venait de mettre bas deux femelles. Il criait au miracle, en disant que cette bête avait mis au monde deux chasseurs (chats sœurs).

Un plaisant voyant une ourse qui venait de mettre bas, disait que cette bête était couturière, puisqu'elle faisait des *ours laids* (ourlets).

Un entrepreneur de fêtes champêtres disait qu'il était *à sec*, parce qu'il n'avait pas rattrappé ses *frais*.

Odry voyant passer une femme qui n'était rien moins que belle, dit : Si cette femme rédige jamais un journal, ce sera la gazette de *laide* (Leyde).

Un grenadier, qui avait l'habitude de lire, la première ligne de gauche à droite, et a deuxième de droite à gauche, etc., voyant une enseigne sur laquelle était écrit :

MARONS DU LUC,

soutenait à son camarade, que cela voulait dire *marons du cul*.

Un jeune homme qui aimait beaucoup le sexe, faisait sa cour à une femme, qui tâchais d'éluder ses complimens et lui disait d'être plus réservé; sans s'embarrasser davantage du discours de la dame, le jeune homme allait toujours son train, et osa même porter sa main entre un fichu très fin et une gorge très blanche. Monsieur, finissez, lui dit celle-ci ; je ne souffrirai pas.

—Ah! reprit le premier, tout ce que vous direz ou rien, c'est la même chose, et mon penchant me porte à aller de *pis en pis*.

Deux peintres ayant pris querelle ensemble, parce que l'un soutenait qu'il préférait Rubens à Raphaël, et que l'autre prétendait le contraire, l'un des deux dit à l'autre : Vous êtes un cochon.—Et vous, répondit celui-ci, vous êtes un homme de l'art (de lard).

Le saint en vénération parmi les chevaux est le saint foin (sainfoin).

La tragédie la plus sanglante est la Zaïre de Voltaire, attendu qu'il n'y a qu'un nez restant (Nérestant).

Un passant voyant un mendiant qui n'était couvert que d'un haut-de chausses, dit que ta culotte ne descendait pas assez bas (à ses bas).

Un suffisant ayant demandé à quelqu'un de sa connaissance, s'il lui conseillait de faire faire ses bottes en cheval ou en veau, celui-ci lui répondit : De quelque manière que vous les commandiez quand vous les aurez payées, ce sera du cuiraçao (cuir à sot).

Brunet éteint sa chandelle, dans le Sourd, pour ne pas rôtir ; car si ce malheur lui arrivait, il aurait beau le dire à tout le monde, il ne serait pas *cru*.

Quelqu'un disait qu'il avait un mal de dents qu'il ne pouvait pas mettre dehors (dedans).

Un bon vivant disait qu'il fallait tuer le temps, et que toutes les fois qu'on en viendait à bout, on pourrait vivre cent ans (sans temps).

Un sapeur très poltron étant venu se proposer pour servir dans une expédition dans laquelle il savait bien qu'il ne pouvait être utile, le général lui dit qu'il pouvait se retirer, et qu'on n'avait pas besoin de sapeur (de sa peur).

Un jeune homme rencontrant un de ses amis qui avait reçu une grosse pluie, lui dit qu'il était un porteur d'eau.

On parlait d'une femme qui était accouchée de la veille. Un plaisant dit qu'il n'adresserait jamais la parole à cette femme, parce qu'elle était grossière (grosse hier).

Un plaisant disait à un jeune homme qui n'était pas doué d'un beau physique : Quoique vous soyez le plus jeune de vos frères, vous n'êtes pas moins laid né (l'aîné).

Quelqu'un voyant passer une femme que la nature n'avait pas douée de ses dons, dit à un de ses amis : Cette dame est ce qu'il y a de plus beau dans ce qu'elle est (dans ce qui est laid).

On trouve ce vers dans la première scène de Polyeucte, tragédie de P. Corneille :

« Vous me connaissez mal, la même ardeur me brûle;
« Et le désir s'accroît quand l'effet se recule.

Quelqu'un qui allait s'acquitter d'un trèspetit besoin, disait qu'il entrait dans son magasin d'épiceries (des pisseries).

Le général Hoche prenait du thé chez une dame de sa connaissance. Il entendit battre la générale et se leva aussitôt, comme pour

s'informer de ce que ce pouvait être. Ne-vous dérangez pas, lui dit la dame ; nous sommes à l'abri, Hoche (à la brioche).

Un plaisant reprochait à un homme orgueilleux ses défauts en lui disant : Vous aviez sans doute bu de l'abondance à votre dîner , car vous êtes eau et vin (haut et vain).

Le directeur d'un des plus ennuyeux théâtres de Paris, était embarrassé pour trouver un bailleur de fonds. C'est étonnant, dit tao plaisant : ce théâtre a tant de bâilleurs dans son parterre, que je le croyais en fonds.

On demande quelquefois combien font vingt cent mille ânes dans un pré et cent vingt dans un autre? Voici ce qu'on doit entendre par-là : Vincent mit l'âne dans un pré , et s'en vint dans un autre.

Deux jeunes gens se disputaient; l'un d'eux, pour prouver son assertion, fit un tel effort, que l'odeur et le son en vinrent au nez et aux oreilles de l'autre; Peste, dit-il a son ami, quel pet tu lances (quelle pétulance) !...

Une femme de haute taille riait beaucoup, en voyant à la revue, l'exercice des hussards. Un plaisant qui se trouvait auprès d'elle, s'écria : Quelle grande cavalerie ! (cavale rit).

Un plaisant disait à une jolie femme : Quoique nous soyons en été, je vois sur votre personne des appas d'hiver (divers).

Une vieille disait : Ah ! si j'avais l'ouie aussi bonne que la vue j'entendrais encore bien. Et en prononçant ces mots , elle cherchait à enfiler son aiguille par la pointe.

Les Invalides appellent ordinairement une jambe de bois, un sacerdoce (ça sert d'os).

Une naturelle des îles Marquises, voyant un jeune Européen qui était abandonné dans leur pays, dit à son époux : Voilà un garçon joli à croquer.

Une femme peu contente des caresses de

son mari , lui disait : Ah ! mon ami, tu étais bien différent dans le *printemps* de ton âge, et les feux de ton *été*.—Oui, répondit le mari, je conviens qu'à présent, je suis dans *mon automne*, (monotone).

Un jeune homme aimait la femme d'un menuisier ; mais celui-ci jaloux, ne la quittait point. Un jour l'amoureux lui dit Voisin, vous *menuisez* donc toujours (me nuisez).

Un homme que sa femme tourmentait beaucoup par ses caprices, s'en plaignait à un de ses amis, et lui disait qu'il n'avait encore pu employer aucun moyen efficace pour mettre sa femme à la raison. Bah ! lui répondit son ami , te voilà embarrassé pour bien peu de chose : pour faire taire une femme, il ne faut que *deux points* (deux poings).

On demandait à un homme fort distrait, et au moins aussi ingénu, s'il était l'aîné de son frère ; il répondit qu'il avait un an de moins que lui, mais que dans un an, ils seraient du même âge.

On lui disait en plaisantant, qu'on le voulait marier à une dame qui était sa tante, il répondit : Je serais donc mon oncle.

Il tourmentait depuis long temps un de ses voisins, avec qui il avait acheté un cochon, pour le tuer, et comme le voisin, sous prétexte que l'animal n'était pas encore assez gras, refusait d'y consentir, il lui dit : Si vous ne voulez pas tuer votre moitié, laissez-moi tuer la mienne au moins.

Il chargea son valet de lui acheter un cochon : Je n'en veux pas, lui dit-il, un qui soit trop gros ; mais j'en veux un raisonnable.

Il demanda si la grande Chartreuse n'était pas la femme du général des Chartreux.

Il ne pouvait pas comprendre comment un vaisseau tout neuf pouvait se briser contre un vieux rocher.

Il se mit en tête d'être poète, et après avoir bien donné la torture à sa cervelle, il ne put accoucher que d'une seul vers ; il demanda si la rime en était bonne.

Il apprit qu'un de ses chevaux de carrosse était mort subitement dans son écurie : Quoi! dit-il, ce cheval si gras, d'une si belle encolure, qui se portait si bien !... Il est mort ! ce que c'est que de nous !

Son cocher alla au marché aux chevaux, en acheter un autre ; il vient, fort joyeux, lui faire part de son emplète. Ah ! vraiment, lui dit-il, je suis charmé que tu aies trouvé mon pareil.

Etant tombé malade, il était fort incommodé du bruit des cloches, et pour en ftouffer le son, il ordonna que l'on mît du umier devant sa porte.

Un de ses chevaux, qui s'était échappé, se noya dans une rivière où il était allé boire : il voulut qu'on exposât devant son écurie le cheval mort, afin que les autres, effrayés de cet exemple, devinssent sages.

Quand je me jetterais, disait-il, d'un troisième étage dans la rue, je me casserais le cou, sans que ma turquoise se fît aucun mal.

Il avait fait venir du foin d'une de ses maisons de campage, et il disait que ce foin ne pourrait pas être meilleur, quand il serait pour la bouche d'un prince.

Un plaisant voyant passer une boiteuse, dit à un de ses amis : voilà une femme qui a fait bien des *faux pas.*

M. Quatremer avait demandé à Louis XVI, qu'il lui fût permis d'ajouter DE à son nom. J'y consens, lui dit le Roi, pourvu que vous le mettiez à la fin.

Un impertinent avait les yeux fixés , depuis quelques instans , sur un homme d'esprit. Celui-ci demanda de quel droit il le poisait ainsi. Le premier répondit à la question par ce rebus : *un chien regarde bien un évêque.* Eh! repartit le second : Qui vous a dit que je suis un évêque ?

Un glacier français voulait, selon l'usage, prendre un nom italien : en conséquence, il alla chez un savant, pour ui demander s'il ferait mieux de s'appeler *Sorbetto* ou *Sorbetti*. Le savant se contenta de lui répondre : *sorbéta* (sors, béta).

Quand Elisa Garnerin est dans sa nacelle, elle n'a pas peur que *les cieux cassent* (l'essieu casse).

Comment écririez-vous avec huit lettres. — Aimez, cédez, obéissez : ME, CD, OBIC.

Un voyageur croyant avoir à se plaindre de l'un des employés d'une sous-préfecture où l'on retenait son passeport, laissa, devant ce fonctionnaire subalterne, échapper l'exclamation suivante : « Monsieur le sous-préfet devrait bien soumettre ses agents à l'examen que fait subir un marchand de vin à ses tonneaux. — Qu'est-ce, monsieur, dit l'homme en place, en quoi consiste cet examen? — Il se borne, reprit séchement le voageur, à s'assurer de leur *capacité*.

Avec quoi peut on faire un instituteur des sourds et muets ?— Avec les deux premières

lettres de l'alphabet et trois moitiés. — A,
B, six quarts (l'abbé Sicard.)

Les rois des lapins ne vivent pas longtemps ; iln'yen a qu'un peu de temps le
monarque régnant, était la pincette (Lapin
VII, maintenant c'est déjà *l'appendix* (Lapin X).

Une jeune apprentie-musicienne exécu-
tait fort mal la note, quoiqu'elle la déchiffrât
parfaitement. « A votre place, dit-on à son
maître , je mettrais Mademoiselle *aux
champs* (au chant), car, soit dit sans l'of-
fenser, ce n'est qu'une *linotte* (lit notes). »

Un prédicateur qui gesticulait beaucoup,
s'était fait peindre au moment où il prêchait.
Le portrait est si ressemblant, dit un connaisseur, qu'on jurerait que M. l'abbé est
en *chaire et en eau* (en chair et en os).

Un *tailleur* s'était faufilé dans une société
d'aristocrates : quelqu'un l'ayant reconnu ,
dit malicieuse ment :Comment se fait-il que
cet homme se trouve ici quoiqu'il *soit
ailleurs ?* Cet intrus dit alors en se reti-

rant : Messieurs, celui qui *est ailleurs* ne se retrouvera plus *ici*.

Un plaisant fut un soir au poste du quai Saint-Bernard demander la garde en disant qu'il y avait beaucoup de *train* au bout du pont (de trains de bois).

Un navire barbaresque avait enlevé un jeune personne. Le capitaine la rendit à se famille, sans lui faire éprouver le moindra outrage ; pourtant elle avait une peau adoe rable, et une gorge d'une blancheur et d'un fermeté ravissante. — Comment, il ne lui a rien fait, dit quelqu'un devant qui on ra contait cette particularité, cela m'étonne ; un écumeur de mer doit être amateur, e personne n'est plus friand d'appas, que l corsaire *corps serre*.

Une dame jadis jeune et jolie, arrive dans une promenade ; sa toilette était si artistement arrangée, qu'elle semblait offrir de tous côtés les formes les plus arrondies. Cette femme a beaucoup d'appas, dit un des promeneurs. — C'est vrai, dit un autre. mais ce sont des *apparences* (appas rances) ;

Que faut-il pour faire du bon pain ? il
faut un bon catholique. — Je ne vous comprends pas. — C'est pourtant bien simple,
le bon blé est un bon catholique puisqu'il
croit (croire et croître) et qu'il *croît en plain
chant* (plein champ).

Quelle est la seconde mère des Français?
—C'est l'Afrique, parce qu'ils y *ont tété* (y
ont été). — Et pourtant beaucoup d'entre eux ont eu *de la fricassée* (Afrique assez).
Aussi, à leur débarquement à Toulon ont-
ils eu *de la fricandeau* (l'Afrique en dos).

Quel est le pays où l'on fait le plus de plaisanteries? — C'est la Turquie, parce qu'on
s'y occupe sans cesse de lazzis (l'Asie).

Un élégant bottier de la rue Saint-Ho-
noré avait placardé sur les carreaux cet
avis, à l'orthographe duquel nous ne chan-
gerons rien : « Seul et uniques dépôt de sa-
« bot d'Auvergne (en cuire), et qui peuve
« tenir lieux de claques. — Voilà, s'écria
« un passant, un cordonnier qui avec le
cuir de ses *sabots* (pouvant tenir lieu de *claques*) donne un fier soufflrage guimaire. »

Odry, dans un moment d'humeur, dit une fois à sa femme qu'il serait *huit jours* sans lui parler ; cependant, dès la même soirée, il revint plaisanter avec elle : « Allez donc, allez, Monsieur, interrompit-elle en riant, oubliez-vous déjà votre promesse ?—Du tout, ma bonne amie, j'ai dit *huit jours* ; mais je n'ai pas parlé des *nuits*. »

Le curé de Pontoise aimait singulière ment à faire le calembour, et entre pinte et broc, il en débitait de fort singuliers à ses paroissiens. Quelle est, leur demandait-il un jour, la sainte du paradis qui ne met jamais de jarretières ?... Vous ne devinez pas c'est sainte Sébastienne (*ses bas se tiennent*).

Dites-moi un peu, mes chers paroissiens, quels sont les animaux qui vont tout droit dans le paradis ?—Ce sont les bœufs, parce qu'ils ont été des veaux (dévôts).

FIN.

Imp. de Pommeret et Guénot, rue Mignon, 2.